JN066045

「団長……」
「久しいな、ロレン。
報告書に名前を見つけたとき、もしやとは思ったのだが、
やはりお前だったか。生き延びていたとは、僥倖だな」
食い詰め傭兵の
幻想奇譚14

「俺の権能は〈不動〉でねぇ。
この権能は俺自身だけではなく、
周囲にも影響を与える類のものなんだなぁ」

「こ、この野郎！　こっちに来るな！」
意思に反して進まない足に、表情を歪めつつレイスはダウナへと炎を放った。

グーラの隠された趣味とは――?

食い詰め傭兵の幻想奇譚 14

Fantasie Geshichte von Söldner in großer Armut

まいん

Illustration
peroshi

口絵・本文イラスト　peroshi

Fantasie Geshichte
von Söldner in
großer Armut

プロローグ　開幕から接触される

遊撃《ゆうげき》部隊が滅《ほろ》んだと、ひょろりとそんな噂《うわさ》が立った。

もっともその噂とは、帝国《ていこく》軍の情報部隊が収集した情報であるので、かなりの確度をもって確かなものであり、噂というにはやや無理のある話ではある。

大事ではないか、とロレンは思うのだが、帝国軍からしてみれば元々戦力とはあまり考えていない冒険者《ぼうけんしゃ》が多数を占《し》める部隊がいくつか壊滅《かいめつ》したというだけで、正規兵の損害自体はそれほどでもないらしく、今のところロレン達《たち》がいる街はそれほど大きな騒《さわ》ぎにはなっていなかった。

逆に冒険者ギルドの方は大騒《おおさわ》ぎである。

何せ帝国軍の遊撃部隊へと組み込んだ冒険者達《たち》が軒並《のきな》み、正体不明の戦力によって殺されてしまったのだ。

その損害は非常に大きなものであり、急遽《きゅうきょ》冒険者ギルドは追加の冒険者を応募《おうぼ》し始めるのと同時に、白銀級冒険者の投入割合を高める算段を始めたらしいとは、街の冒険者ギルドで情報を集めてきたラピスの話であった。

相手が悪すぎるだろうとロレンは思う。

帝国側の遊撃部隊を軒並み壊滅させた、正体不明の戦力というのはおそらく、憤怒《ふんぬ》の邪《じゃ》神《しん》ことレイスという少女であるはずだった。

もっとも、王国側には他に、色欲の邪神の権能を持っているはずのダークエルフと、いまだにその姿を見せていない傲慢《ごうまん》の邪神という二つの存在がいるので、全《すべ》てがレイスの仕《し》業《わざ》というわけでもないのだろうが、それにしたところで、どの邪神と遭遇《そうぐう》しても銅級や黒鉄級の冒険者では相手が悪すぎる。

無駄《むだ》に屠《ほふ》られるくらいならば、戦力を投入するのを止《や》めればいい、と思わないでもないロレンなのだが、それを帝国側に伝える方法がない。

レイスに関してだけならば、自分達が遭遇した相手であるので説明ができなくもないのだが、他の邪神については何故《なぜ》そんなことを知っているのかと問われた場合に説明するのに困り果ててしまうからだ。

まさか自分の仲間の二人も邪神なんだ、と言えるわけもなくロレンにできることと言えば、せめてさらに致命的《ちめいてき》な被害《ひがい》が出る前に帝国側が何らかの情報を掴《つか》み、それに対処する手段を模索《もさく》してくれるようにと祈《いの》ることくらいであった。

「私達は何とか撃退したり逃走《とうそう》できたりしていますから、あまり実感がありませんが、やっぱり邪神というのは面倒《めんどう》な存在なんですね」

憤怒の邪神との戦いで傷を負ったロレンは、数日間ベッドの上から動くことができないくらいのダメージをその体に受けていた。

ようやくベッドから起き上がれるようになった頃《ころ》にはやはり、ほとんど寝《ね》たきりの生活がたたり、体のあちこちに鈍《にぶ》りを感じてしまうようになっており、ロレンは動き回る許可が治療師《ちりょうし》から出ると、治療院の敷地内《しきちない》にある庭で鈍った体を鍛《きた》えなおすべく、大剣《たいけん》を振《ふ》り回《まわ》すという鍛錬《たんれん》を開始している。

上半身は裸《はだか》で、ズボンにブーツだけを履《は》いた姿で一心不乱に大剣を振るうその姿を、近くのベンチに腰《こし》かけて眺《なが》めていたラピスがそんな呟《つぶや》きを発したのを耳にして、ロレンは大剣を振るう手を休めた。

朝起き出してからかなりの時間、ひたすら大剣を振るっていたその体からは滝《たき》のように汗《あせ》が流れ、元々ロレン達が拠点《きょてん》としていたカッファの街に比べるとかなり気温の低い大気の中で、うっすらとではあるがロレンの体からは湯気が立ち上っている。

それを見たラピスがベンチから立ち上がると、あらかじめ用意していたらしいタオルをロレンへと差し出し、ロレンはそれを受け取って首や顔の汗を拭《ふ》く。

「帝国側《ていこく》がレイス以外の存在を突《つ》き止《と》めた様子ってのはやっぱりねぇのか」

帝国軍の事情聴取《ちょうしゅ》はロレンも受けていた。

事前にこっそりとラピスと話の摺《す》り合《あ》わせをしていたロレンは、レイスが邪神であるということは伏《ふ》せて、見たままの情報を帝国軍へと伝えている。

少女が敵味方の軍を一瞬《いっしゅん》で焼き尽くした、という話は荒唐無稽《こうとうむけい》すぎて信じてもらえない危険性があることにはあったのだが、そこにその少女は邪神だった、などという情報を加えれば、信憑性云々《しんぴょうせいうんぬん》の前にロレン達の正気を疑われかねない。

「見た感じはないみたいですね。ですがいくら私でも帝国軍中枢《ちゅうすう》まで情報収集に行けるわけではありませんので、そっちの方が何を考えているのかまではちょっと分かりかねる話ではあるのですが」

「ラピスでも無理か」

「無理というよりは、あまり興味がありませんので」

ラピスからしてみれば、帝国軍と王国軍のどちらが優勢に事を運んでもあまり興味が湧《わ》かない事案であるらしい。

仮に帝国が大敗し、滅亡《めつぼう》するようなことになったとしても、ロレンだけを攫《さら》って逃《に》げればいいくらいにしか考えていないようで、流石《さすが》は見た目普通《ふつう》の神官ながら、その正体は大陸中で忌《い》み嫌《きら》われている存在である魔族《まぞく》なのだなと思うロレンであった。

「そんなことよりも、何とか帝国軍の将軍に面会できないものか、という考えの方が私には重要なんですよね」

ラピスの興味は戦争の行方《ゆくえ》よりも、帝国軍に籍《せき》を置く将軍の一人であるユーリ＝ムゥトシルトという人物に向いているようである。

この人物は元々、ロレンが所属していた傭兵《ようへい》団の団長を務めていた人物であり、ロレンが冒険者になるきっかけとなった傭兵団の壊滅以降、その動向が全く分からなくなっていた。

少しばかり前に受けた仕事の中で、偶然《ぐうぜん》再会したその傭兵団の団員から北方の帝国にいるという情報を得てはいたのだが、いざ帝国に入ってみればそのユーリなる人物はいつの間にやら帝国軍の将軍の一人となっていたようで、冒険者ギルドから派遣《はけん》されてきたロレン達にはそう簡単に面会できない相手となっていたのである。

ラピスが考えているのは、いきなりそのユーリ将軍に面会が叶《かな》わなかったとしても、今回自分達が得た情報を手土産《てみやげ》に、その近くにいるだろう人物との伝手《つて》ができないものだろうか、ということであった。

多少目的の人物との面会まで手間はかかるだろうが、全くの無策よりはずっといいはずであり、現在ラピスはどの辺りの地位にいる人物ならば、今の自分達でも面会が叶うものかということを調べているらしい。

「あちらから接触を図《はか》ってくれれば楽なんですけどね」

今回、レイスという少女についての情報をもたらしたのがロレンという名前の冒険者であるという情報は、帝国側に伝わっているはずであった。

ならばロレンを呼びつけて、さらに詳細《しょうさい》な情報を得ようと帝国軍の上層部が考えてもおかしくはないのだが、現在に至るまでそういった類《たぐい》の話はロレン達の下へは届けられていない。

事情聴取のときにもう少し、思わせぶりな態度や口調をするべきだったかとやや後悔《こうかい》しているラピスなのだが、ロレンに言わせれば妙《みょう》な行動を取って、下手に警戒《けいかい》感を強められてはろくなことにならないので、ありのままを素直《すなお》に伝えた今回の対応が最善であったと思っている。

「強行突破《とっぱ》していいなら、すぐなんですけどね」

「知識の神の神官がそんなでいいのかよ」

「必要な情報を得るための実力行使は神もお認めになっているんです」

「お前、絶対いずれ他の神官から怒《おこ》られるからな」

将軍に面会するために、警備の兵を実力でどうにかする神官がどこにいるとロレンが言えば、ラピスは不満げに頬《ほお》を膨《ふく》らませた。

やろうと思えばラピスならば、帝国軍の警備を潜《くぐ》り抜《ぬ》け、ユーリ将軍のところにたどり着くくらいはやれてしまうのであろうが、自分と行動を共にしている現状でそこまで無理を通そうとはしないだろうと思いながら、ロレンは止めていた素振《すぶ》りを再開させる。

吸血鬼《きゆうけつき》の最上位である神祖からもらったジャケットで守られていた上半身はともかくとして、普通のズボンを穿《は》いていた足に関しては結構酷《ひど》い火傷《やけど》を負っていた部分があり、ある程度回復したとはいっても動かせば、引《ひ》き攣《つ》ったような感覚と鈍い痛みとが感じられ、ロレンは素振りをしながら顔を歪《ゆが》めた。

ラピスや治療師《ちりようし》の治療を受けてそんな状態であるということは、元々の傷は相当だったのだろうと思うと、あのレイスという少女に真っ向から勝負を挑《いど》むというのは非常に危険な行為《こうい》だなと改めて認識《にんしき》するロレンである。

「何か、対抗《たいこう》手段がねぇと、ちっとありゃやばいな」

「こちらの邪神はあまりあてにならないですからね」

ラピスがそう評するように、権能を焼かれて内臓へダメージが入ったらしいグーラはいまだにベッドの上での生活を余儀《よぎ》なくされている。

実は暴食の邪神であるグーラに関して、死ぬことはないだろうと思っているロレン達なのだが、その状態はあまり思わしくない。

普通の人間ならば内臓を焼かれればまず死んでしまうはずなのだが、流石に邪神と言うべき生命力を発揮して、グーラの容体は快方へと向かってはいた。

しかし、内臓が焼かれているということをまさか治療師に知らせるわけにはいかない。そんなことを知らせれば、何故そんなことになったのか、そして何故そんな状態で生きているのかについて説明しなければならず、それを説明すればグーラの正体についても話さなければならなくなってしまうからだ。

結果、グーラに関しては原因不明のダメージということになっており、効果的な治療も施《ほどこ》せないままに本人の回復力に任せるような形になってしまっている。

見た目からは想像できない、大男で筋肉の塊《かたまり》のような体のくせに色欲の邪神を名乗っているルクセリアに関しては、表面の火傷のみで済んでおり、本人も包帯を巻かれたままでも動き回れるくらいに回復はしていたのだが、こちらは肌《はだ》に跡《あと》が残ってはこれからのことに差《さ》し障《さわ》るという理由で、いまだに火傷の治療を受け続けているような状態だ。

これからのことというのが何を指しているのかについては、ロレンもラピスも知りたいとは毛先ほどにも思っておらず、完全に放置しているような状態である。

「まともに動けるのは俺《おれ》とラピスだけか」

「ロレンさんがまともに動ける、と見るのはどうかと思いますが」

〈お兄さんについては、私の力を使っていいならもっと早く完治させられるんですけど……〉

頭の中に響《ひび》いた声にロレンはそっと頭《かぶり》を振る。

声の主は以前にロレンが受けた仕事の中でアンデッドの最上位である〈死の王〉に変じられかけ、ロレンに倒《たお》されたときにその精神体をロレンの精神体の中へと避難《ひなん》させた少女であるシェーナであった。

周囲の存在から力を奪《うば》い取《と》るエナジードレインを使い、奪い取った力をロレンの回復力として提供すれば、火傷などすぐに治る、というのがシェーナの主張なのだが、現在街の中にいるロレン達の周囲にいる存在は、帝国の領民達や兵士達であり、そこへエナジードレインを食《く》らわせるというのはロレンからしてみれば認められない手段である。

「無理しないでくださいよ。それでなくとも結構酷い火傷だったんですから」

「そりゃそうだな。動かしてみりゃ分かる」

治りきる前に無理をすれば、完治が遅《おく》れるだけでいいことはない。

そこにラピスが心配するという要素を加えれば悪いことだらけのような気すらしてくる。

鈍りきる前にある程度、体を動かせただけでいいことにしておこうかと考えてロレンが素振りを切り上げようとしたときであった。

治療院の建物から庭へと続いている扉《とびら》のところで、治療師と兵士と思《おぼ》しき人影《ひとかげ》が自分達の方を見ているのにロレンは気が付いたのである。

「あちらさんからの接触の方が早かったみてぇだな」

「ロレンさんの怪我《けが》のことを考えると、もうちょっと遅《おそ》くてもよかったかなって気になっていますが、こういうのはタイミングが大事ですからね」

ロレンが兵士の方を顎《あご》でしゃくって指し示してやると、ラピスはそんなことを言いながら小さく肩《かた》を竦《すく》め、やおら自分達の様子を窺《うかが》っている兵士の方へと顔を向けると、人当たりのよさそうな笑顔《えがお》でそちらに向けて手を振ってみせたのであった。

第一章　案内から合流する

ロレン達に接触を図ってきた兵士はロレン達が予想した通り、帝国軍からの使者であった。

今回の一連の遊撃部隊壊滅の報告の中で、数少ない生存者として名前が載《の》っていたロレン達に直接会って話を聞いてみたいという将軍がいる、ということを知らせに来たのである。

これに対してロレンは元々、帝国軍のある程度身分の高い誰《だれ》かと伝手を持つことを考えていたところであったので、快く承諾《しょうだく》。

身支度《みじたく》を整えると案内の兵士に連れられて、帝国軍が駐留《ちゅうりゅう》している建物へと案内されたのであった。

誰を同行させるのかについては選択肢《せんたくし》というものがなく、ロレンの傍《かたわ》らにはラピスの姿がある。

ルクセリアに関しては論外だとロレンは考えていたし、グーラについてはまだ本調子であるとは到底《とうてい》言えず、無理に動かして傷が悪化しては元も子もない。

実はクラースを連れて行く、という考えもロレンの中にはあった。

何故《なぜ》ならラピスはその正体が魔族であり、今のところは誰にもばれることなく知識の神の神官として過ごしてはいるのだが、何かの拍子《ひょうし》にばれてしまわないとも限らないからだ。

そうなった場合、知られる相手がその辺の冒険者なのと、帝国軍の将軍であるのとではその後の対応に天地ほどの差があり、ラピスを動員するのはある程度の危険を覚悟《かくご》しなければならなかったのである。

その点、クラースに関しては女性にだけ気を付けておけば見た目は好青年な上にそれなりに名の知れた冒険者であり、帝国も無下には扱《あつか》わないであろう人物であった。

もっとも、今回ロレン達が呼ばれた用件に関しては無関係であるので、ロレンは仕方なくクラースという選択肢についても諦《あきら》めている。

もちろん、一人で行くという選択肢は最初から存在していない。

絶対味方だと断言できない軍の、しかも将軍という高い地位にいる人物に単独で会おうと考えるほど、ロレンは向こう見ずではなかったのである。

ロレン達に会いたい、と言っている将軍についての情報を帝国軍の使者から得ることはできなかった。

ロレンがそれとなく尋《たず》ねてみても、会えば分かるの一点張りでそれ以上の情報を使者はロレン達に渡《わた》そうとしなかったのである。

ある意味、有能な兵士なのだろうな、とロレンは思う。

下手に情報を渡せばいらぬ前知識や印象を与《あた》えることになりかねず、その後の話の流れに影響《えいきょう》を及《およ》ぼしかねない。

そんなことになるくらいならば、最初から何の情報も渡さないままに目的の人物のところへ連れて行く、というのは悪い考えではない。

ただ、相手の名前も言わずについてくるような者がどのくらいいるのか、ということに関しては問題が残ってしまうのだが、それについては帝国軍と冒険者という地位の差があるのだろうとロレンは考えることにしていた。

現在、ロレン達がいる帝国領内において、どちらの地位が上であるのかについては考えるまでもないことだと思ったのである。

使者に連れられてロレン達が向かった先は、帝国軍が所有している建物の一つで兵舎というよりはどちらかというと民家や商家に近いような雰囲気《ふんいき》の建物であった。

ただ、軍関係の施設《しせつ》であるということは周囲を警備している兵士達の姿からして一目瞭《いちもくりょう》然《ぜん》であり、使者に連れられて歩くロレン達はその警備の兵士達の遠慮《えんりょ》ない視線に晒《さら》されながら案内されるままに建物の中へと入る。

「将軍が来られるまで、こちらでしばらくお待ちください」

規則だからと身に着けていた武器を兵士へ渡し、ロレン達が通されたのは応接室であった。

華美《かび》ではないにしても、質素というには金がかかりすぎているだろうと思われる調度が並ぶその部屋のソファを勧《すす》められたロレンとラピスは、ロレンはどこか居心地《いごこち》悪そうに、そしてラピスは部屋の中の物にも興味津々《きょうみしんしん》といったような様子のまま、二人並んでソファへと座《すわ》る。

「ロレンさんロレンさん、帝国ってお金持ちなんですね」

きょろきょろと周囲を見回しながらそんなことを言うラピスにロレンはあまり興味がなさそうな声音《こわね》で答える。

「そりゃ国なんだから金持ってんだろ」

「いえいえ、こういったある意味国の端《はし》っことも言える国境線に近い街の施設にも、これだけきちんとした調度を揃《そろ》えられるというのは、中々のものだと思いますよ」

そういうものかと思ってロレンは周囲を見回してみるのだが、調度のよしあしなどロレンには分かるわけもなく、値踏《ねぶ》みをしようにもそちらの知識もない。

だがラピスにはロレンとは違《ちが》った風景が見えているらしかった。

「見た目、華《はな》やかではありませんが造りがしっかりした上に、落ち着きのある色合いと材質の物を選んで集めてありますね。人によっては地味に映るかもしれませんが、ここまで統一して揃えるとなると結構なお金がかかってますよ」

「若い娘《むすめ》さんにそう言ってもらえると嬉《うれ》しいが、よく分かるの」

ラピスの評価に繋《つな》げるようにして聞こえたのは、初老の男の声だった。

弾《はじ》かれたようにソファから立ち上がったロレンが部屋の入り口へと目を向ければ、そこには聞こえてきた声から受ける印象そのままの人物が扉を開いて立っている。

その体は背丈《せたけ》こそロレンに比べれば低かったのだが、見た目から受ける印象はロレンよりはるかに威圧的《いあってき》で威厳に満《み》ち溢《あふ》れていた。

着ている服装は、おそらく帝国軍の軍服なのであろうが厚手で丈夫《じょうぶ》そうなその衣服の下に隠《かく》されている体は、鍛え抜かれた戦士のそれだと分かる。

顔立ちは彫りが深く、少しばかり白《しら》髪《が》の交じった長めの黒髪《くろかみ》を総髪《そうはつ》にまとめ、部屋の調度が褒《ほ》められたことを喜んでいるような表情の中で、妙に視線の鋭《するど》さが目立つ。

「神官殿《どの》というものは、部屋の調度にも精通しているものなのかな」

「知識の神に仕えておりますれば、広く浅くではありますがそれなりに」

いつの間にやらロレンの傍らで立ち上がっていたラピスが折り目正しくお辞儀《じぎ》をする。

それに応じて軽く頭を下げながら部屋の中へと入ってきた初老の男に、ロレンはどこか呆然《ぼうぜん》としたような声を上げた。

「団長……」

「久しいな、ロレン。報告書に名前を見つけたとき、もしやとは思ったのだが、やはりお前だったか。生き延びていたとは、僥倖《ぎょうこう》だな」

そんな風にロレンへ語りかけながら、ロレン達と向かい合うようにソファにゆっくりと腰を下ろした人物こそ、ロレンが冒険者となる前に所属していた傭兵団の団長であり、その団の壊滅以降、行方が全く分からなくなっていたユーリ＝ムゥトシルトであったのだ。

記憶《きおく》の中にある顔と、全く変わりのないその姿を目にしながらロレンは腰から崩《くず》れるようにしてソファへと座り込み、その隣《となり》にそっとラピスが腰を下ろす。

「さて、ロレンには自己紹介《しょうかい》の必要はないだろうが、そちらのお嬢《じょう》さんには必要だろうからの。私がユーリ＝ムゥトシルト、元傭兵団団長にして、現在は帝国軍の将軍の一端《いったん》を担《にな》っている者だ」

「ラピスと申します。知識の神に仕える神官にして、現在はロレンさんの冒険者仲間をやっております」

「お前、普通に自己紹介できんだな」

非の打ちどころがないほどに完璧《かんぺき》な動作で、ユーリに対して頭を下げるラピスの姿を見て、思わずそんな言葉がロレンの口を突いて出たのであるが、それを聞いたラピスは一瞬むっとした表情を見せた後、ぱっと花が咲《さ》くような笑顔を見せながらこう言い放った。

「ロレンさんの未来の妻ですっ」

「さてロレンよ。お前、団の壊滅からこっち、何をしとったんだ？」

「そりゃこっちの台詞《せりふ》だ、団長」

「あ、あれ？　なんだかものすごく自然にスルーされた気がしますよ？」

互《たが》いに顔を見合わせたロレンとユーリの反応に、思わずロレンの肩に手を置いて揺《ゆ》さぶってしまうラピスである。

その手を振り払《はら》おうともせずに揺さぶられるがままのロレンの肩ではニグが迷惑《めいわく》そうに前脚《まえあし》を上げてラピスを威嚇《いかく》しているのだが、ラピスは構わずにロレンを揺さぶり続けた。

「いや、無視はしておらん。あの女っ気が皆無《かいむ》で実はそっちの道に踏《ふ》み込んだんじゃないかと団内ではもちきりだったあのロレンに、こんな洒落《しゃれ》っ気《け》のあるお嬢さんが付いているとは信じられん」

「おい、その噂の出所はどこだ。詳《くわ》しく話しやがれ。草の根分けてでも捜《さが》し出して後悔させてやっからよ！」

「さて誰だったかの。歳《とし》を取ると物忘れが激しくてなぁ」

とぼけた表情をするユーリに、ロレンの表情が凶悪《きょうあく》になる。

夜道で出会えば気の弱い者ならば卒倒《そっとう》しかねない程《ほど》の形相でユーリのことを睨《にら》みつけたのであるが、ユーリは全く気にした様子もなくソファの上で笑っていた。

「まぁ団内では大体の者が噂しておったよ」

「ふざけんなあいつらっ……じゃなくて、俺のことはどうでもいい。いやそっちの道ってのには欠片《かけら》も興味はねぇが昔の噂なんぞどうでもいいことだ」

知らぬは自分ばかりなりという現実を教えられて、さらに形相が険しくなりかけたロレンだったのだが、そこをぐっと堪《こら》えて深呼吸などしながらなんとか話題の転換《てんかん》を試みる。

そんなロレンの様子を見守っていたユーリはどこか感心したような口調で言った。

「我慢《がまん》を覚えたのか。成長したの」

「その言い草じゃ、傭兵時代の俺にゃ堪《こら》え性《しょう》がなかったように聞こえるじゃねぇか」

「あったかの？」

まじまじと、心底疑問に思っているように問われればロレンの顔からは幾分《いくぶん》険しさが薄《うす》れ、わずかにではあるが視線がユーリから逸《そ》れた。

それが答えのようなものであったのだが、ユーリは笑顔のままそれ以上の追及《ついきゅう》はせずに掌《てのひら》を打ち合わせて乾《かわ》いた音を何度かさせる。

その音が合図であったかのように、先程ユーリが入ってきた扉が開かれ、その向こう側から女性の声が聞こえた。

「お呼びでしょうか、将軍」

「客人に茶の用意をお願いできるかの。ちと話をせねばならんのだが、喉《のど》が渇《かわ》いては声を出すのも億劫《おっくう》になるからの」

「畏《かしこ》まりました」

ぶつぶつと何やら呪詛《じゅそ》のようなものを口の中で呟きつつ、なんとか気を落ち着けようとしているロレンを、ラピスとニグが宥《なだ》めるようにしてその手助けをしている。

そんな様子を微笑《ほほえ》ましいものでも見るかのような目で眺めていたユーリに、ロレンはなんとか呼吸と気持ちを落ち着けてから改めて話を始めようとした。

「俺のことはどうでもいい。今はあんたのことを聞くのが先だ」

「まぁ焦《あせ》るな。そう余裕《よゆう》のある状況《じょうきょう》ではないが、お茶の用意を待つくらいの時間はあるだろう。まして久しぶりの再会なのだ、少しは感慨深《かんがいぶか》く思ったらどうだ？　それとも私の顔など見たくもなかったか？」

「……んなわけねぇだろうが」

不貞腐《ふてくさ》れたようにロレンはそっぽを向きながらもそう答えた。

目の前に団長その人が現れたせいでどうやら気が逸《はや》りすぎていたらしいと自己分析《ぶんせき》できるくらいに落ち着いてみれば、ようやく隣のラピスと肩の上のニグがほっとしたような雰囲気を見せる。

「お互いに、それなりに話さなければならないことがあるだろう。とりあえずはお茶を飲み、気を安らげてからゆっくりとな」

ユーリがそうロレンに語りかけた辺りで、まるで出番を待っていたかのようなタイミングでメイド服姿の女性が何人か、ユーリが頼《たの》んだお茶などをトレイに載せた状態で足音を立てることもなく静かに部屋の中へと入ってきたのであった。


「さて、まずはそちらの今に至るまでを聞いておきたいのだがの」

メイド服姿の女性達は、お茶の用意を手早く済ませてしまうと来たときと同じ素早《すばや》さをもって部屋から出て行った。

随分《ずいぶん》と手際《てぎわ》のいいことだとロレンはその作業を見ながら感心していたのだが、傍らにいるラピスはメイド達が部屋を出て行ってしまうのを待ってから、ロレンへそっと耳打ちをする。

「あの方達、全員戦闘《せんとう》訓練されてますよ」

「メイドだろ……？」

「動きがメイドのそれじゃないです。おそらくはスカートの下に武器も隠し持《も》ってたようですから、もしかすると暗殺者の訓練を受けているんじゃないかと」

「メイドの嗜《たしな》みであろう？」

ラピスは耳打ちをするという行為自体はユーリの目の前で行っているので、せめて話す内容は知られないようにとかなり声をひそめていたのだが、その耳打ちをされているロレンですらどうにか聞き取れるくらいのラピスの囁《ささや》きを、何故か離《はな》れたところにいるユーリはしっかりと聞き取っていたらしい。

人柄《ひとがら》の良さそうな笑顔を見せながらそんなことを言ったユーリに、ロレンは呆《あき》れ返《かえ》ったということを隠そうともしない声で答える。

「んなメイド、聞いたことねぇよ」

「メイドとは主人の最も傍《そば》にいるもの。ゆえに、主人の身を守る技能を会得《えとく》しておくのが当然というものだな」

「嘘《うそ》を吐《つ》きやがれ」

「それはともかく、そちらの近況《きんきょう》を教えてくれるかな」

ロレンの言葉を笑顔の圧力で押《お》し切《き》って、ユーリは再び尋ねる。

それに対してロレンが何か言いかけたのを制して、ラピスが口を開いた。

「では、それは私の口から」

ロレンは自分ではあまり口の上手《うま》い方ではないと思っている。

説明しろと言われても、傭兵を止めて冒険者をやっていた、という事実以外に説明できるようなことはなく、それではユーリが満足しないだろうということは理解していた。

ならばここはラピスに任せてしまおうと、メイド達が置いていったお茶に口をつけようとしたのだが、次のラピスの台詞を耳にして危《あや》うくその茶を噴出《ふんしゅつ》しかけた。

「私がロレンさんとお付き合いさせて頂いたのは……」

「おい、ちょっと待て。言い方が違《ちが》うだろ」

付き合うといってもそれは男女のそれではなく、冒険者仲間として、ということだろうとロレンは思うのだが、それにしたところでラピスの言い方は誤解を招くというよりは、むしろ進んで誤解されるように仕組んだ説明の仕方であった。

そのまま話を進められて、ユーリに面倒な理解のされ方をしても困るとばかりにロレンは口を挟《はさ》んだのだが、そんなロレンの様子など目に入らないのか、ユーリは茶の入ったカップを手にしたまま、ずいとばかりに身を乗り出す。

「詳しく聞かせてもらおうかの」

「おい団長！」

「初めて会ったときにですね、こう、あ、この人だ、と来るものがありまして」

「ちょっと待ちやがれ！」

「運命の出会いというやつだの。うぅむ……あのロレンがなぁ」

「俺の話を聞けぇっ！」

声を張り上げて、拳《こぶし》を振りかざしたロレンであるのだが、振りかざした拳を下ろす場所がない。

これが安宿や食堂であったのならば、目の前のテーブルに叩《たた》きつけるという手が取れるのだが、今ロレンの目の前にあるのは派手な造りではないものの、ラピス曰《いわ》く確実に金のかかっている高価なテーブルというやつである。

しかし、いくら造りがしっかりしていたとしてもロレンが力任せに叩きつけた拳の威力《いりょく》に耐《た》え切れるかと考えれば、おそらくは木《こ》っ端《ぱ》微塵《みじん》に砕《くだ》け散《ち》るはずで、帝国軍の施設の中でそんなことをしてしまえば、弁償《べんしょう》させられることは間違いない上に、一つ間違えば将軍に狼藉《ろうぜき》を働いたとして兵士達が飛んできかねない。

行き先を失った拳を震《ふる》わせながら動きが止まったロレンにかまわず、ラピスはユーリとの会話を進めていく。

〈お兄さん、大変ですね〉

振《ふ》り上《あ》げた拳をゆっくりと下ろしつつ、二人の会話をできるだけ意識の外へと追いやろうとし始めたロレンの脳裏《のうり》にシェーナの心配そうな声が響き、その肩ではニグがやはりロレンを慰《なぐさ》めるかのように前脚でぽんぽんとロレンの肩を叩くのであった。

「なるほどの。中々大変な時間を過ごしてきたようだの」

ロレンにとっては苦行のようなしばしの時間の後、ラピスからの説明を聞き終えたユーリはそんな感想を口にした。

ラピスの説明は所々に挟まれる惚気《のろけ》なのか誤解の誘導《ゆうどう》なのか、よく分からない部分を除けばそれなりに分かり易《やす》いもので、聞くとはなしに聞いていたロレンも、そんなこともあったなというように思い出したりしている。

もちろん、ラピスや現在ロレン達についてきているグーラにルクセリアの正体についてはユーリへは伝えていない。

その辺りの判断も、ラピスに任せておいてよかったなと思うロレンではあった。

自分が説明に回った場合、何かの拍子にぽろりと情報を漏《も》らしかねない危険性は、確実にあったと思うからこその考えなのだが、それにしたところで精神的疲労《ひろう》が酷すぎるとロレンは額に手を当てつつ深い溜息《ためいき》を吐く。

「こっちの事情が分かったところで、そっちの事情ってのも聞きてぇんだがな」

「ロレンの方に比べれば、さして面白《おもしろ》みのない話にしかならんがの」

ユーリはお茶を一口啜《すす》ると、ロレンの求めに応じるように自分の側の話をし始める。

「何も大した話ではない。団が壊滅した後、なんとか逃げ回っておったらいつの間にやらこの地にたどり着いてな。潰《つぶ》しの利《き》かぬ傭兵団団長のできることと言えば戦うことくらい、ということで軍に参加したんだの」

「そこまでは理解すんだがよ。何でそれが帝国軍の将軍に納まってやがんだ」

国の、しかも正規軍の、その上一軍を率いる将軍ともなればそうそう簡単になることができるわけはない地位であり、元々その国の軍人の家系に生まれたとしても、届かない可能性があるような職である。

そんな地位に流れの傭兵が納まっているという現実は、ロレンからしてみれば理解不能の言葉に尽きる状態であるのだが、ユーリはきょとんとした顔で淡々《たんたん》と答えた。

「いやほら、元とはいえ傭兵団の団長やってたからの」

「説明になってねぇよ」

傭兵団の団長という肩書《かたが》きがなんらかのコネになるようなことはまずない。

そのくらいのことはロレンにも分かっていたのだが、改めてはっきりとユーリに言われてしまうと、もしかすると傭兵団の団長をやっていたことを買われて将軍職に就《つ》くようなことがあったりするのだろうか、とも思ってしまう。

「そうは言われてもの。隣の王国と仲の悪いこの帝国《ていこく》では、戦う場所には事欠かないわけで、戦う場所さえあれば勲功《くんこう》を稼《かせ》ぐことなどわけなかろ？」

「それで？」

「適当に戦っておったら、いつの間にか将軍になっとった」

しれっと言われて思わず声を荒《あら》らげそうになったロレンだったのだが、何をそんなに不思議に思うのかと言わんばかりのユーリの顔を見て、また自分が傭兵として目の前の男の団に所属していた頃のことを思い出し、開きかけた口を閉じる。

沈黙《ちんもく》したロレンの代わりに口を開いたのはラピスであった。

「そんなに簡単に？」

「まぁ私は、それなりに有能だからの」

自慢《じまん》するわけでもなく、単に事実を述べているのだというようなユーリの言い草にラピスは目を丸くしたのであるが、そんなラピスにロレンが言う。

「概《おおむ》ね事実だから、反論のしようがねぇ」

「そうなんですか……？」

「大したことはしておらん。一兵卒だった頃はとにかく敵の指揮官を狙《ねら》って功を挙げ、指揮する側に回れば、とにかく敵の嫌《いや》がることをし続けておれば、勲功など後からいくらでもついて来る」

「そんな簡単に言われましても」

「団長ならまぁ、やるだろうな」

「何なんですかその信頼感《しんらい》は」

諦めたような口調で認めるロレンに呆れたような口調になるラピス。

そんな二人を笑顔で見ていたユーリであったのだが、しばらくしてその顔を真面目《まじめ》なものへと変えると、二人の注意を引くようにテーブルの天板を軽く指で叩いた。

「さて、お互いの状況が分かったところで、本題に入ろうかの」

小さく響いたその音だけで、ロレンとラピスの注意を自分の方へと向けさせたユーリはテーブルの上で両手の指を組みながら、そう切り出してきた。

「ロレン達《たち》が遭遇《そうぐう》したというその少女の話だ」

グーラ達については伏せているロレン達なのだが、出会ったあのレイス＝サターニアという少女については、憤怒《ふんぬ》の邪神《じゃしん》と名乗っていたということを帝国軍には伝えてある。

どこで誰が見ているのか分からない戦場で得た情報を、伏せているのだということがバレてしまえば帝国軍にどのような悪い印象をもたれるか分かったものではないから、というのがその理由であった。

邪神という存在については怠惰《たいだ》の邪神などについて冒険者《ぼうけんしゃ》ギルドへも報告しているロレン達であるので、帝国軍と現在協力関係にある冒険者ギルドとが情報を共有しあえば、そう名乗る何かがいるということは、ほどなく分かるはずである。

もっともその邪神という存在が、他にもうろうろしているだとか、実はグーラやルクセリアのように普通に活動している邪神もいるだとか、その由来は古く古代王国期にまでさかのぼるとかいったことについては、どこにも報告をしていないので、帝国や冒険者ギルドがそういった事実にまで到達《とうたつ》するのかどうかはロレンにも分からない。

「火系統の強力な魔術師《まじゅつし》だと考えるのが妥当《だとう》ではあろうが、それだけでは到底説明のつかない被害《ひがい》を帝国軍は受けておる」

これまでいくつもの部隊が正体不明の敵によって壊滅《かいめつ》させられてきた、とは言っても部隊はともかくとして、壊滅させられた場所というものは残る。

そこを調べれば、何か強力な火で周囲もろとも焼《や》き払われたのだ、ということはすぐに分かる話なのだが、これまでそんな火を発生させるような存在とはいったい何であったのかが帝国軍には分からなかったのだとユーリは語った。

それが今回、ロレン達の報告によって少女の姿をし、邪神と名乗った存在によるものだと判明したのであるが、帝国軍はこの少女が名乗った邪神という言葉を、言葉通りには取らなかったらしい。

「ただの魔術師にここまでの力があるとは考えにくいからの。何か特別な方法でその力を高めていると考えるのが妥当ではある。しかし、今そのことはあまり重要ではない」

ここはまず、相手がその力をどうやって信じられないほどに高めているのかを探《さぐ》り、その方法を真似《まね》るか、あるいはそこから相手の力を奪うことを考えるべきではないのか、とラピスは思ったのだが、ロレンやユーリは違う考えを持っていた。

「方法はどうでもいいから、その少女ってのを何とかする方法を考えるのが先ってことだな」

「先行している偵察《ていさつ》部隊や遊撃《ゆうげき》部隊の悉《ことごと》くが全滅させられてはの。悠長《ゆうちょう》に相手の力の源など探ってはおれんということだな」

「言いてぇことは分かるが、無策であれに対抗しろって言われても無理なもんは無理だぜ？　俺達《おれたち》だって死に掛《か》けたんだからよ。何とかしてくれと言われてもお断りだからな」

「流石《さすが》に私も、これだけの被害を引き起こしている相手に策もなしに突っ込んで来いと言うほど耄碌《もうろく》はしておらんよ」

今回自分達が呼び出されたのは、一度その憤怒の邪神に遭遇しているからということもあるのだろうが、そこから生還《せいかん》していることを買われて何とかして来いという無茶《むちゃ》振りをされるためなのではないか、と危惧《きぐ》したロレンの言葉にユーリは苦笑《くしょう》してみせる。

「そりゃ策はあるから、それで何とかしてくれってことか団長」

「話が早くて助かるぞロレン。こいつはお前にしか頼めん話だ」

自分の方を見つめながらそんなことを言うユーリの口調に、どうやらこれは断わりきれない話らしいと踏んだロレンは、せめてユーリの言う策とやらがあの憤怒の邪神に本当に有効であることを祈《いの》りつつ、小さく浅く頷《うなず》くのであった。


ユーリとの会談の後、ロレン達は治療院《ちりょういん》を訪《おとず》れていた。

目的は、治療中のグーラの様子を見るためである。

ロレンも意識を取り戻《もど》すまではお世話になっていた治療院であるので、そこに勤めている施術者達《しじゅつしゃたち》はロレン達の顔を見て、グーラの名前を出せばすぐにその病室へと案内してくれた。

「あの……非常に申し上げにくいことなのですが、そろそろあの大男さんを回収して頂けないかなと思ったりするのですが」

「本当に悪ぃとは思うんだがよ。そこら辺りは成り行きで、もしかしたらもうちょっと預かっててもらわねぇとならねぇかもしれねぇな」

「他の患者《かんじゃ》さん達への影響が……」

「分かった。無駄《むだ》かもしれねぇが一度きっちり締《し》めとく」

案内役を買ってくれた若い女性の施術者に、おずおずとそんなことを言われてロレンはルクセリアの行動を抑《おさ》え気味《ぎみ》にするためには自分の持っている大剣《たいけん》でどのくらいぶっ叩いてみればいいのかという問題について考えさせられてしまう。

そんなロレンとラピスが通された病室では、清潔なシーツの上で掛布団《かけぶとん》にくるまって、寝息《ねいき》を立てているグーラの姿があった。

寝ている状態だけを見るならば、グーラは非常に顔立ちの整った美女であり、そのプロポーションは掛布団を通しても見事なものであるというのが分かるくらいにメリハリに富んだものである。

ずっと寝ててくれないものだろうか、とそんな様子を眺《なが》めながらロレンが思った途端《とたん》に、グーラが寝息と共に口から真っ黒な煙《けむり》を吐《は》き出《だ》した。

焦《こ》げ臭《くさ》い臭《にお》いが病室に立ち込め、ラピスが顔を顰《しか》めながら窓際《まどぎわ》へと歩み寄り、少しだけ開いていた窓を全開にしてから手で扇《あお》いで、室内の臭いを外へ追いやろうとし始める。

憤怒の邪神によって焼かれてしまった、どこにあるのか分からないグーラの権能の胃袋《いぶくろ》内では、いまだにロレン達《たち》を襲《おそ》ったあの炎《ほのお》が燃え続けているらしい。

この場合、これほど長い時間燃えている憤怒の権能を恐《おそ》れればいいのか、それともそこまで燃え続けられるほどに中身が詰《つ》まっていたグーラの権能に驚《おどろ》けばいいのか、ロレンには分からなかったが、それがグーラの体調を崩し続けているのだとすれば笑いごとではなかった。

「おいグーラ。起きれるか？」

ベッドの傍らまで歩み寄り、ロレンが控《ひか》えめな声でそう言うとグーラはうっすらとその目を開いた後、声をかけてきたロレンの姿を目にして体を起こす。

無理をせず寝ててもいいとロレンが身振《みぶ》りで示したのだが、グーラは大丈夫《だいじょうぶ》だとばかりに手を振ってみせた。

「どないしたん？」

「まず、腹の調子はどうなんだ？」

「めちゃくちゃ酷《ひど》い胸やけがしとる」

胸の辺りを手で押さえて、顔を顰めたグーラの口からは再び黒い煙が漏れた。

これが人間であったのならば、普《ふ》通《つう》に考えて体の中で火が燃え続けているのだから、とてもではないが生きていられるわけがない。

これは治療師《ちりょうし》達も首を捻《ひね》るような奇妙《きみょう》な現象であり、ロレンはグーラの素性《すじょう》がバレてしまうのではないかと危惧していたのだが、グーラの体を調べてみても本当に体の中が燃えているわけではなく、現状では理解不明な何らかの力によるものという理由としてはよく分からない説明で片付けられてしまっている。

「動くのは無理そうか。ちっとばかり頼まれごとをしたもんで、グーラにも同行してもらおうかと思ってたんだがな」

ユーリからの依頼《いらい》に、ロレンはグーラの同行を頼もうと考えていた。

ラピスなどはロレンと二人だけで行動してもいい、と考えていたようなのだがロレンからしてみればいかにラピスが強大な存在だとしても、自分はただの傭兵《ようへい》であり、動ける人数は多い方がいいに決まっていると考えている。

「無理すればいけるかもしれんけど、何かあったん？」

「まぁな。その説明も兼《か》ねて、グーラにはこいつを服用してもらう」

ロレンがジャケットの懐《ふところ》へと手を突っ込んで取り出したのは、見た目からして高価そうな装飾《そうしょく》が施《ほどこ》されたガラスの瓶《びん》であった。

透《す》き通《とお》るその瓶の中には、何やら液体が入っている。

「薬かいな？　けど、うちの症状《しょうじょう》に効く薬なんてもんはないやろ？　憤怒が使った炎に打ち勝てる薬なんてそうそうないで？　それこそ霊薬《れいやく》エリクサー的なもんくらいやろ」

「その霊薬ってのをもらってきた」

さらりと返したロレンの言葉にグーラが驚いた顔でロレンの手の中にある瓶を見つめる。

それはロレンがユーリに対して、今回の必要経費ということでぶんどってきた代物《しろもの》であった。

一本で金貨一枚を要する高価な薬も、帝国の将軍ともなればそれなりに手元に置いてあるらしく、ユーリはロレンの求めに応じて快くそれを譲《ゆず》り渡してくれたのである。

「こいつで何とかなんねぇか？　駄目《だめ》ならもう何本か団長のとこから取ってくるが」

「もらいもんなんか？　霊薬クラスなら何とかなるかもしれへんなぁ」

言いながらグーラはロレンから霊薬の入った瓶を受け取ると栓《せん》を抜《ぬ》き、躊躇《ためら》うことなく中身を呷《あお》った。

その霊薬がどれほどの効果があるものなのかとロレンとラピスが見守る中、しばらくじっと目を閉じていたグーラはやがて口から細く長く、白い煙の混じった息を吐き出すと目を開いてロレン達を見る。

「よっしゃ。これで問題ない」

「本当に大丈夫か？　少しでも辛《つら》いなら団長に言えばもう何本か融通《ゆうずう》してくれるはず」

「大丈夫や。それにこれ高いんやろ？　ロレンの借金が増える気がしておちおち飲んでられへんわ」

「俺《おれ》が背負ってる借金全体からすりゃ可愛《かわい》いもんだぞ」

「それ、ひとっつも自慢にならへんからな？」

半眼で突っ込みを入れてくるグーラの様子に、どうやら本当に大丈夫そうだとロレンは判断して頷く。

「私としてはロレンさんの借金が増えることは大歓迎《だいかんげい》なのですが……今更《いまさら》金貨一枚増えたところで確かに意味はあんまりなさそうですよね」

「容赦《ようしゃ》ないなぁラピスちゃん。ほんでこないな高い薬まで使ってうちに同行を求めるような話って、どこで何を引き受けてきたん？」

苦笑するグーラにロレンは、以前に自分が所属していた傭兵団の団長が、今では帝国の将軍職にあるというところから始まって、ユーリのところで受けてきた話について説明を始めた。

ユーリがロレン達へと依頼した話は、憤怒の邪神と名乗った存在に対抗《たいこう》する手段を入手してくるということである。

ユーリが言うには現在ロレン達が滞在《たいざい》している街からさらに北方へ行ったところに一つの洞窟《どうくつ》があり、その内部に憤怒の邪神に対抗するものがある、のだと言う。

これはロレンにしか頼めないこと、というのはユーリの言い分であったのだが、その話のどこに自分にしか頼めないという要素があるのかロレンには分からない。

さらにそんなものがあるという情報をユーリがどこから入手していたのかについても不明なままであったのだが、ロレンの知るユーリという人物は口から出まかせを意味もなく言うような人物ではなく、本当にそこに何かがあるのか、もしくはロレン達にそれを頼むことに何らかの意味があるものだと考えている。

「そういうわけで、ちっと遠出する必要が出てきてな」

「なるほど。その道中にうちにも同行して欲《ほ》しいというわけやな」

ベッドの中から這《は》い出して、床《ゆか》へと下りるグーラへロレンは頷く。

「手は多い方がいいに決まっているからな」

「ロレンさんと二人きりの道中というのは心惹《ひ》かれますが、手が多い方がいいというのは私も同意するところです」

「なんや、ラピスちゃんにはあんまり歓迎《かんげい》されとらんようやねぇ」

笑いながら言うグーラの言葉をラピスは否定も肯定《こうてい》もしないままにそっと目を伏《ふ》せる。

「うちは問題ない。ルクセリアはどないするん?」

体の具合を確かめるかのように、軽い伸《の》びなどしながら尋ねるグーラにロレンとラピスはほぼ同時に渋《しぶ》い顔を見せた。

できれば置いていきたいというのが二人の考えではあるのだが、事前に治療院の施術者から言われたように、持て余されているというよりは可能な限り早くお引き取り願いたいと思われているルクセリアを、長く治療院に置いたままにはできそうにないというのも理解できてしまう以上、放置という選択肢《せんたくし》は残されていない。

「いちおう、声はかける……かけたくはねぇんだが」

「難儀《なんぎ》な話やけど、戦力としては一定の信頼がおける奴《やつ》やからね」

「メリットとデメリットを天秤《てんびん》にかけた場合、心持ちデメリットの方が傾《かたむ》く気がするんですよね。なんで憤怒さんの炎で焼き尽《つ》くされなかったんでしょう」

灰になっててくれればよかったのにとしみじみ呟《つぶや》くラピス。

ロレンが何度も頷きながらそれに同意するのを見ながらグーラは笑う。

「ルクセリアはうちらの中でもタフさにおいてはずば抜けて高い奴やからなぁ。まぁ一番頑丈《がんじょう》なのは怠惰の奴なんやけど」

「あれよりタフとか意外だな」

怠惰という言葉からは想像できないグーラの言葉にロレンが首を傾《かし》げる。

そもそも怠惰とは可能な限り何もしないというようなイメージがあり、その権能はいったいどのようなものなのだろうかと疑問に思うロレンへ、グーラが簡単な説明を行う。

「怠惰がその気になったら、全属性への完全耐性《たいせい》に加えてドラゴンが踏んでも無傷っちゅーくらいの防御力《ぼうぎょりょく》やからね。その代わり、全く動かなくなるんやけど」

「肉壁《にくかべ》としちゃ優秀《ゆうしゅう》か？」

「完全に横になってないと使えん権能やから盾《たて》にゃならんね。もっともそれを補って余りある凶悪な効果もあるんやけど、それはともかく」

これまで寝ていたせいで鈍《にぶ》ったのか、体を回したり曲げたりしていたグーラはそれらの動作を止めるとぐっと腕《うで》を曲げ、拳を握《にぎ》りながら言った。

「うちの助力は問題なしや。準備ができ次第《しだい》、その洞窟とやらに向かおうやないか。ルクセリアにはうちからそれとなく聞いてみるからロレン達は出発の準備をするってことで、ええやろ」

「出発の準備や物資の手配は、団長の方で一手に引き受けてくれてるらしいからな。俺達は行く気にさえなりゃ、この街の北門で物資と移動手段を受け取るだけだ」

その辺りの手配も抜かりがないのがユーリという人物であった。

ロレン達にこの話を持ちかける前に、既《すで》にその辺りの準備は整えていたらしく、ロレン達は自分の身の回りの物だけを持って指定された場所へ行けばいい、というところまで準備が終わってしまっているらしい。

「何者なん？　そのユーリとかいう元団長」

「俺からすりゃただの面倒見《めんどうみ》がいいおっさんなんだがなぁ」

「ただのおっさんの手際やないと思うんやけど」

「元とはいえ、傭兵団の団長を務めてたおっさんだからな」

あまり気にしていないようなロレンの様子に、思わずといった感じでラピスとグーラは顔を見合わせた。

憤怒への対抗手段をすぐに思いついたり、誰《だれ》も知らないような洞窟の存在を知っていたり、仕事の依頼を持ちかけたときには既に出発の準備まで整えていたりするのは、ただのおっさんの所業ではないと二人とも思うのだが、団長のすることだから、というロレンの一言に妙《みょう》な説得力を感じてしまうのもまた事実だったのである。

「まぁ、えぇのかな?」

「いずれはきちんと調べてみないといけないんでしょうけれど、今はいいのではないでしょうか」

なんとなく不安を感じてしまったらしいグーラの問いかけに、ラピスはあまり深く考えることなく、そう答えて肩《かた》を竦《すく》めたのであった。

第二章　出発から移動する

　かくして北の洞窟へと向かうことになったロレン達であったのだが、街の北門をユーリが用意した荷馬車に乗って出発するロレン達一行の中には、やたらと上機嫌《じょうきげん》なルクセリアの姿があった。

　御者《ぎょしゃ》をすることを申し出て、荷馬車の御者台に座《すわ》っているルクセリアの背後には、荷車に載《の》せられた荷物の間に座っているロレンやラピス、グーラの姿がある。

「なによぉ、みんな不景気な顔ね」

　いつものぱっつんぱっつんの服装に身を包んだルクセリアが肩越《かたご》しに振り返りながら荷台のロレン達に声をかけるのだが、それに答える者はなかった。

　本音を言えば、ルクセリアを除いた全員がルクセリアを街に置いていきたい気持ちではあったのだが、まったく声をかけることなく街を出てしまえば、後で何が起きるか分かったものではない。

　それとなくグーラがルクセリアに探りを入れてみるということになったのだが、あっさりとルクセリアは全快を主張し、ロレン達が街を出ることを耳にすると当然の如《ごと》く同行を申し出てきたのである。

ロレン達にこれを拒否《きよひ》することはできなかった。

拒否したら後で何が起きるか分からないというのも一因ではあったのだが、それよりも治療院の施術者達からの無言の圧力に耐えかねた、のである。

いったい何をどうすれば、そこまで施術者達から拒絶《きよぜつ》されるのやらと思うロレンなのだが、何があったのかについては施術者達にもルクセリア本人にも聞けないでいた。

「うちはむしろ、オノレがなんでそないに機嫌《きげん》いいんかが不思議やけどな」

「みんなでお出かけなのよ？　楽しいに決まっているじゃない」

みんなという言葉を聞いて、一瞬《いつしゆん》怖気《おじけ》づいたロレンは周囲を見回すがロレン達の乗る荷馬車が走っている街道《かいどう》にはまばらに旅人などの姿があるだけで、ロレンが心配したルクセリアの取り巻き達のような姿はなかった。

ルクセリア本人だけでもロレンからしてみれば荷が重いというのに、これにルクセリアが直々に教育だか調教だかを施した取り巻き連中がついてきていたりしようものなら、精神の安寧《あんねい》は失われたと言っても過言ではないとロレンは思う。

「お出かけと言えば夜は野営。みんなで一緒《いつしよ》のテントにお泊《と》まりするのよぉ」

ユーリの話によれば、これから向かう北方には元々はいくつか村があったらしいのだが、かなり規模の小さいものだったことに加えて今回の大規模な戦闘のせいで、壊滅したり村人が疎開《そかい》したりしており、宿の類《たぐい》は全く期待できない状態となっているらしかった。

野宿に加えてルクセリアの脅威《きょうい》も何とかしなければならないのかと気分が重くなるロレンの近くで、グーラが歯をむき出しにしてルクセリアを威嚇《いかく》する。

「冗談《じょうだん》ぬかせ。オノレだけ外で簀巻《すま》きじゃ」

「なんでよ!? 差別だわ！ 虐待《ぎゃくたい》だわ！」

御者台の上で駄々《だだ》っ子《こ》のように手足をばたばたさせるルクセリアであるのだが、不思議と荷馬車は進路がずれることなく、真《ま》っ直《す》ぐに街道を進んでいく。

手綱《たづな》をあれだけ左右に引かれれば、馬とて真っ直ぐに進むのは相当な苦労であろうとその様子を見ていたロレンは思ったのだが、馬は頭を左右に振られながらも不自然なまでに真っ直ぐに進む。

誰かが何かしているのだろうかと周囲を見回したロレンは、自分以外の全員が馬に対して何をしていても不思議ではないというパーティメンバーの面々を見て、小さく溜息を吐き出した。

「ロレンさん？」

「なんでもねぇよ」

そんなロレンの溜息に気がついて声をかけてきたラピスに手を振って答えたロレンは、乗っている荷車の中で荷物の点検でもしようかと積んである荷物に手を伸ばす。

大方の物はユーリが準備してくれているはずではあるのだが、何がどれだけ用意されているのかについては、あまり詳細《しょうさい》を聞いていない。

団長ならばぬかりはないだろうと思っているロレンなのだが、万が一という可能性もないわけではなく、ある程度は確認《かくにん》しておいた方がいいだろうと考えたのだ。

「まぁさすが団長だな」

目的地である洞窟までは三日ほどかかる、とユーリから説明を受けていた。

往復で六日ほどかかってしまう道中に、そんな余裕《よゆう》があるのかと尋《たず》ねたロレンなのだが、それに対してユーリは時間稼ぎくらいは任せておけと請《う》け合《あ》っている。

事態を進展させるのであれば問題なのだが、現状維持《いじ》を続けるだけならば誰にでもできるだろうとはユーリの言葉であるのだが、軍と軍とが面と向かい合っている状態を維持し続けるということがそんな簡単であるはずがない。

少しでも早く、ユーリの言うあの憤怒の邪神に対抗するものとやらを見つけ出し、ユーリの下へと戻らなければと思うロレンは、荷物の中身を探る手をふと止めた。

「どうしましたロレンさん？　何かいかがわしい物でも入ってましたか？」

「言うに事欠いて、なんでいかがわしい物から入ってくるんだ、お前は」

ラピスの言葉に呆れ返りながらもロレンは荷物の中から、手に触《ふ》れていた物を引っ張り出して吟味《ぎんみ》してみる。

それは厚手のコートであった。

おそらくはロレンのために用意されたものなのか、そのコートはかなり大きい。

不思議に思いながらもさらに荷物を漁《あさ》ってみれば、最初に引っ張り出した物より小さめのコートが二着、荷物の中から姿を現す。

「コートだけじゃねぇな」

さらにロレンがコートの入っていた辺りを手探《てさぐ》りしてみると、やはり厚手でしっかりとした作りの寝袋《ねぶくろ》がコートと同じ数。

さらにテントなどが次から次へと姿を現し、ロレンは首を捻る。

周囲の気温は確かにカッファにいた頃《ころ》に比べれば低いのは確かであったのだが、現状ロレンが着ている衣服や装備の上からコートを羽織らなければならないほどのものではない。

北方地域はタイミングによっては雪や氷に覆《おお》われる時期があり、そんな時期に居合わせたのであれば必要になりそうな装備の数々ではあるのだが、ロレンが知る限りでは今はそんな時期ではないはずであった。

「俺の勘違《かんちが》いか？　もうそんな時期なのか？」

「ロレンさん何をぶつぶつと？　おや、コートや寝袋ですか。ユーリさんってかなり用意《ようい》周到《しゅうとう》な方なんですね」

ロレンが引っ張り出した物をいじくりながら呟いていると、近くに座っていたラピスが覗《のぞ》き込むようにしてロレンが手にしているものを見て、そんな感想を述べた。

「いるか？　こんなもん」

普通の野宿に使うには、あまりに厚手すぎるそれを摘《つ》まんでロレンが尋ねる。

使えないわけではないのだが、ユーリが用意したテントの中、その寝袋に包《くる》まって寝ようとするならば、かなりの寝苦《ねぐる》しさを覚悟《かくご》しなければならないだろうとロレンは思う。

だがラピスの返答はロレンの考えとは違《ちが》っていた。

「これから必要だと考えたからこそ、ユーリさんが用意したのではないでしょうか」

そう言われてみれば、なるほどとすとんと納得《なっとく》するロレンである。

「ということは、これから気温が下がるのか？」

「急激にどっと下がる、というのは考えにくいのですが」

そんなことを言ったラピスだったのだが、その言葉が間違っていたことを後々知ることになる。

一日目の夜に関しては、特におかしなことはなく、ロレン達は二人一組で見張りを行い、何事もなく朝を迎《むか》えていた。

「なぁ、なしてうちとルクセリアがコンビやねん？　この面子《メンツ》やったら別に一人で充分《じゅうぶん》見張りなんぞできるやろ」

「もちろん、ロレンさんと私がコンビを組むためと、ルクセリアさんとロレンさんの休憩《きゅうけい》時間が被《かぶ》らないようにするためですが？」

「せやったら、仕方ないな。うちがルクセリアの番というわけや」

「お二人さん？　アタシの寝袋がないみたいなんだけど」

「その暑苦しさやったら寝袋いらんやろ。適当にその辺で寝とけ」

「アタシの扱《あつか》いが酷すぎない⁉」

そんな会話を繰《く》り広《ひろ》げながらも何事もなかった一日目の夜だったのだが、異変は二日目の夜に起こった。

最初に見張りに立ったグーラをテントの中へ入れ、続いてグーラと同じテントに素知らぬ顔をしたまま入ろうとしたルクセリアをその辺に蹴《け》り転がしたロレンは、苦笑しながらそんな様子を眺めつつ、焚《た》き火《び》に当たっていたラピスの隣《となり》に腰掛《こしか》ける。

その状態で空を見上げれば、雲一つない空に星が瞬《またた》いているのが見えた。

「少し冷え込むようになりましたか？」

焚き火には鍋《なべ》がかけられており、中に入っているただの水が焚き火の熱によって湯に変わっていた。

それを柄杓《ひしゃく》ですくい、コップへと流し入れたラピスはそれをロレンへと差し出した。

「白湯《さゆ》じゃないですよ。ちゃんと茶葉が入ってます」

言われてコップの中身を見れば、確かに色づいたお湯の中に茶葉がゆらゆらと揺《ゆ》れている。

本来、そういう淹《い》れ方《かた》をするものではないのだろうが、野宿の真っ最中ならば茶葉を漉《こ》して淹れるような面倒《めんどう》を避《さ》けるためにも、これはこれでいいだろうとロレンはお茶を啜り出す。

「しかしそろそろ目的地付近に到着《とうちゃく》するんだろ？　やっぱりあれ、いらなかったんじゃないか？」

ロレンが視線で指し示したのは、ユーリが用意した厚手の布で作られたテントだ。

今その中にはグーラが寝ているはずであるのだが、中で使っている寝袋も厚手のものとなればグーラの体感温度は結構高いものになっているのではとロレンは思う。

幾分《いくぶん》北上したおかげで気温は少しずつではあるのだが下がってきており、寝苦しい夜を過ごすというほどの不快さを感じることはなかったのだが、それにしても寝汗《ねあせ》をかなりかいてしまうほどには暑苦しい。

「見立て違いでしょうか？」

首を傾げるラピスの視線の先には、別のテントに潜《もぐ》り込もうとしているルクセリアの姿がある。

寝袋を用意してもらえなかったルクセリアではあるのだが、テントの中で寝転がっている分には、それほど寝るのに苦労はしないだろうくらいの気温で、ここからさらに一日ほど北上してみたところでコートなどが必要になるとは到底《とうてい》思えなかった。

見立て違いという言葉に、ユーリに関する意味と、自分自身に関する意味とを込めて口にしたラピスだったのだが、ロレンには片方の意味しか通じなかったらしい。

「団長も歳《とし》だからな」

「ご本人が聞いたら怒《おこ》るでしょうか、泣くでしょうか」

よりにもよってロレンに年寄り扱いされたと聞けば、どちらかの反応をユーリは示すだろうなと思わず口元で笑ってしまうラピスだったのだが、その笑いはすぐに強張《こわば》ったものへと変化した。

何か信じられないものを見たように、表情を硬《かた》くしたラピスに気がついてロレンはラピスがそうしているように、自分も顔を上げて目を細める。

「なんだ？」

最初、ロレンにはそこに何もないように見えた。

少なくともラピスが表情を硬くするようなものは何もない、と思ったのだがしばらくじっと宙を見つめ続けると、何か小さいものが焚き火の明かりに煌《きら》めくのが見えたのである。

その正体が何なのかをロレンが理解するより先に、ラピスは焚き火に新しい薪《まき》をくべると、すぐさま近くに止めてある荷馬車の荷台に飛び乗り、そこに置いてある荷物を漁り始めた。

「ラピス？　いったい何をそんなに慌《あわ》てて……」

「氷です！」

言葉と共にロレンに投げつけられたのは、厚手のコートであった。

羽織れということなのだろうとすぐさま身に着けだしたロレンを見てから、ラピスは自分もコートに急いで袖《そで》を通し始める。

「理由は分かりませんが、気温が急激に下がって大気中の水分が小さな氷になり始めているんです！　下手をすれば命に関《かか》わるレベルの寒波が来ますよ！」

「なんでそんな急に……」

何の兆候も気配もなく、あまりに唐突《とうとつ》で理不尽《りふじん》な変化にロレンが思わずそんな言葉を漏《も》らすが、ラピスは勢いよく首を左右に振る。

「分かりません。分かりませんが、今現実に起きていることが全《すべ》てです。原因とか不自然さの追究とかはとりあえず後回しにして、今は対策を行うことが先決です」

薪や枯《か》れ葉《は》、枯れ木などといった焚き火に使う燃料は元々運んで来た分と、野宿をする前に周辺で集めてきた分とでかなり余裕をもった量が準備されてはいる。

しかし、ラピスが言うような寒波が襲ってきた場合、果たして焚き火の火力を維持し続けられるかと考えると、積んである燃料が途端に心もとなく思えてくるのだった。

「なぁちょっとこれ、あかんのと違う？　命の危険を感じとるんやけど、ほんとーにあかんのと違う？」

「アンタはまだマシでしょう⁉　アタシなんか寝袋もコートもないのよ！　いくら邪神でも死ぬときは死ぬのよ！　死ねって言うの⁉　アタシ、誰からも愛されないままにここで冷たい体になれって言うの⁉」

ラピスが危惧した寒波は、ラピスがそれを察知してからほどなくしてロレン達《たち》の野営地を襲った。

その強烈《きょうれつ》さは確かにラピスが口にした通りに、命に関わりかねない代物であった。

慌ててコートを着込んだロレンですら、衣服に覆われていない顔や手に痛みに近い冷たさを感じ、焚き火の傍《そば》から離《はな》れられなくなるほどで、いつもロレンの肩を定位置としているニグなどは、慌ててコートの襟元《えりもと》からその中へと体を滑《すべ》り込ませ、今はロレンの胸の辺りにしがみついて難を逃《のが》れている。

そのロレンの隣では同じくコートを着込んだラピスがロレンの腕にしがみつくようにして野営地を襲った寒波に身を震《ふる》わせていた。

いかに人などに比べて能力が高く、頑丈な魔族《まぞく》といっても暑さや寒さを感じる部分は人とそう変わりがないらしい。

「ロレンさんの体、温かいです。こうじんわりと幸せを感じてしまいます」

「お前、本当に寒がってんのか？」

声からして実のところはまだまだ余裕があるのではないかと疑ってしまうロレンなのだが、腕から伝わってくる震えは本物であり、邪険《じゃけん》に引《ひ》き離すわけにもいかずに困ったように頭をかく。

そんな二人の真正面ではいったいどうやってそんな状態になったのか、寝袋《ねぶくろ》に入ったままその上からコートを巻き付けているグーラと、防寒具の類を全く身に着けていないルクセリアが先程《さきほど》から大騒《おおさわ》ぎをしている。

「なんでこないに寒いん⁉　うちらが封印《ふういん》されとる間に世界が氷河期でも迎えたん⁉　それとも知らない間にうちら氷結地獄《じごく》にでも落ちたんか⁉」

「地獄に落ちる自覚はあるのね。どうでもいいからそのコート一枚アタシに寄越《よこ》しなさいよ！　アンタはその芋虫《いもむし》みたいな恰好《かっこう》で十分でしょう！」

「うっさいボケ！　誰が渡《わた》すか！　今でも寒いっちゅーねん！　これでコート剝《は》がれたら、うちの体がかっちこちになってまうわ！」

「アンタがかっちこちになるなら、コートもないアタシはどうなんのよ！　氷像になっちゃうじゃないの！　アタシの氷像は美しいと思うけれど、こんな場所じゃ誰も見にきてくれないわっ！」

「寝言は寝て語れや！　オノレの氷像なんかただの劇物やないか！」

あちらはあちらでまだ余裕そうだなとロレンは思う。

本当に不味《まず》い状態になれば、言い争いをしている余裕すらなくなるはずで、声が出ている間はまだ大丈夫だと判断できた。

しかしながら、いつまでもこうしていればいずれは危険な状態になることは避けられないのではないか、ともロレンは考える。

なにせ野営地は周囲に遮《さえぎ》る物がなく、吹《ふ》き曝《さら》しの状態なのだ。

いかに焚き火で暖をとろうとしても、わずかな風で暖かさは逃《に》げていってしまう。

せめて風が凌《しの》げるような場所に移動しなければ、朝を迎えるのは難しいかもしれないと考え始めたロレンだったが、ふと自分のコートの襟元に伸びてきた手を反射的に掴《つか》む。

「おいラピス、なんのつもりだ？」

掴んだ手の主はラピスであった。

先程までロレンの肩にしがみつかせていたその手を、いつの間にかラピスは忍《しの》び込ませるようにしてロレンの胸元《むなもと》へと伸ばしていたのである。

「ロレンさん、生き物は命に関わる状況《じょうきょう》に置かれると、性欲が高まるといいます」

しがみついた状態から、胸元に手を伸ばしたことにより必然的に近づいたラピスが真面《まじ》目《め》くさった顔でロレンにそう告げてきた。

「それは子孫を残そうとする生き物の本能らしいのですが、そろそろロレンさんもそんな領域に達しつつあるのではないかと」

「何を言いだすんだお前は。大体こんな状況で、どうやってなにをおっぱじめようってんだ？　死にてぇのか」

「大丈夫ですよロレンさん、脱《ぬ》ぐのは主に私でしょうし。そのコート、見たところ結構余裕がありそうですから中に私を入れて頂ければ、こっそりとですね……」

「待て待て、お前実はあんまり余裕ねぇな⁉」

どこかしら目の据《す》わったラピスがぐいぐいと体を押《お》し込んでくるのを押し返《かえ》しつつ、ロレンはこれ以上この場に留《とど》まっているのは危険であると判断した。

あてがあるわけではないのだが、少なくとも風を避《さ》けられるような窪地《くぼち》か何かに移動しなければ事態は悪化する一方だと考えたのである。

「移動すんぞ。荷物をまとめろ」

「今からですか？」

「今移動しねぇと、立ち往生しかねねぇ。馬だってそろそろやばいんじゃねぇか」

荷馬車に括《くく》りつけられたまま、大人しくしている馬は口から白い息を吐《は》き出している。

今のところはまだ生きているようだったが、このままじっとさせ続けていればロレン達ですらかなりきついと感じる寒さの中では立ったまま凍死《とうし》しかねない。

それならば、少しでも動いていれば体温も上がるのではないかとロレンは考えたのである。

「急げ。凍死ってのはまぁまぁ苦しくねぇ死に方らしいが、死にたいわけじゃねぇだろ」

少しばかり声に怒気《どき》を交ぜて、ロレンは強めにラピスに言い聞かせる。

もしかすれば、この寒さのせいで既にまともな判断力を失っている可能性を考えたのだ。

「ちょっと残念ですね。このまま押したらいけるかもとか思ってたのですが」

ごねるかと思ったラピスは案外あっさりとロレンの指示に従ってロレンから体を離す。

その軽口にロレンはこれまでのラピスの行動が故意によるものなのではないかと一瞬《いっしゅん》疑ったりもしたのだが、ロレンから離れたラピスの体の震えが止まっていないのを見て、判断に迷う。

「まぁいいか。お前らもさっさと動け。置いて行かれたくねぇならな」

真偽《しんぎ》の程を考えるのは後回しにして、ロレンはグーラとルクセリアにも声をかける。

それまで言い争いを続けていた二人なのだが、ロレンの言葉にすぐに言い争いをやめると、グーラはその芋虫のような恰好のまま器用にもぞもぞと這いずりながら、ルクセリアは本当に寒さを感じているのかどうか疑わしい機敏《きびん》さでもって、荷馬車の方へと移動したり、テントを片付けたりし始めた。

「しかしなんだってんだ？　こんな気候は聞いたことがねぇよ」

手早く野営地を畳《たた》んだロレン達は、凍《こご》える馬をなんとか宥《なだ》めすかして歩かせ、再び北を目指して移動を開始する。

御者台に座るロレンは隣で手綱を取っているラピスに意見を求めるようにそんな言葉を口にしたのだが、ラピスは周囲を見回してから大きく首を傾げた。

見回すといっても周囲はまだ夜の闇《やみ》の中であり、グーラが寝袋の中から魔術《まじゅつ》を使って作りだした灯《あか》りといくらかの月明かりなどの乏《とぼ》しい光源では満足な視界など得られるわけもない。

それでも魔族の視力で闇を見通したらしいラピスは不思議そうに呟いた。

「私にも分かりませんが、そもそも私達は今、どの辺りを移動しているんでしょう？」

「なんだと？」

「野営するまでは大体地図の上でこの辺りというのが分かって移動していたのですが、急に現在位置が分からなくなりました。というか、野営する前にこんなとこありましたっけ？」

言われてロレンは改めて周囲を見回す。

大魔王曰《いわ》く、〈死の王〉といくらか混ざりつつあるらしいロレンの視界は本来ならば見通すことのできない闇の中でも、人の目よりははっきりと見通すことができる。

そのロレンの視界に映ったのは、確かに見覚えのない光景であった。

野営する前は遮るもののない、荒地《あれち》のような光景が広がっていたはずなのだが、今ロレンの目に映るのは荒地は荒地なのだが、すぐ近くに巨大《きょだい》な山らしき影《かげ》が見えるそんな光景だったのである。

いくら記憶《きおく》と摺《す》り合わせてみても、見覚えのない山の姿にロレンもラピス同様に首を傾げてしまうのだが、目を凝《こ》らしても、目を擦《こす》ってみても消えることのないその姿は確かにそこに山があるということを示していた。

「思ったより目的地に近づいていたか？」

目的地付近には確かに山があるはずだった。

洞窟はその麓《ふもと》に存在しているというのがユーリの説明であり、もしかしてという気持ちでロレンはそう言ったのだが、ラピスは首を横に振《ふ》る。

「ありえません。少なくとも、もう半日くらいの距離《きょり》は残ってたはずです」

ラピスがそう言うのであれば、間違《まちが》いはないのだろうとロレンは思う。

少なくとも自分のあやふやな感覚よりは、地図と実際を照らし合わせているラピスの意見の方が確かなはずであった。

しかしそうなのだとすれば、目の前にそびえ立っている山の存在の説明がつかない。

「とにかく行ってみるしかねぇだろ。洞窟の目印みてぇなの聞いてたっけか？」

「これをもらってきています」

ラピスが手綱から片手を離し、懐《ふところ》から取り出したのは一枚の紙であった。

表面に何やら模様のようなものが描《えが》かれているそれをひらひらと揺らしながらラピスが説明を始める。

「なんでもこれが憤怒《ふんぬ》の邪神《じゃしん》さんに対抗するものに反応する護符《ごふ》らしいです」

「団長、なんでそんなもん持ってたんだ？」

ロレンからしてみれば、ラピスの手の中にある紙は訳の分からない落書きがしてあるただの紙にしか見えない。

しかし、ラピスが言うことが本当なのであれば、それは魔術的《まじゅってき》な道具ということになり、その辺で適当に入手できるような代物《しろもの》ではないはずだった。

「それは私がお尋ねしたい件ですよ。いったいあのユーリさんって何者なんですか？」

逆に問いかけられてしまったロレンであるのだが、その問いに答える言葉がない。

ロレンの知るユーリという人物は、本当にただの傭兵《ようへい》団の団長を務めていた、そこそこ年齢《ねんれい》を重ねたおっさん、というものでしかないのだ。

もちろん、子供の頃から育ててもらったり、教育を施《ほどこ》してくれたりという恩義もそこにはあるのだが、ラピスの質問には関係がないだろうとロレンは思う。

「これはなんとなく私の勘《かん》なのですが、きっとこの道の先に洞窟があって、そこが目的地なんだ、という気がして仕方ないんですよ」

「現在の位置も分からねぇのにか？」

地図上で考えるのならば、残り半日の道程《みちのり》があると言った矢先に掌《てのひら》を返すようなラピスの言葉に、ロレンは少なからず驚《おどろ》きを覚えたのだが、言った本人であるラピスは自分の言葉がおかしいとは毛先ほどにも思っていないらしい。

「現在位置が分からないからそう思うんです」

妙に確信があるらしいラピスの言葉にロレンは小さく鼻を鳴らすに留まる。

その背後では芋虫状態のままのグーラといまだに防寒具の類を身に着けていないルクセリアが荷物の隙間《すきま》でその身を縮ませていたのであった。

第三章　仕掛けから凍結する

それからしばらくして、ロレンはどうしてそうなったのやらと思うような光景を見ることになった。

道を真っ直ぐに進んでいた荷馬車だったのだが、その道はやがて眼前に現れた山の麓で途切《とぎ》れ、何かの冗談のようにその途切れた道の向こうにはぽっかりと洞窟《どうくつ》が黒い口を開けていたのである。

さらに何かに騙《だま》されているのではないかと疑ってしまうようなタイミングでラピスが取り出したユーリから預かってきたという護符が青白い光を放ち始め、どうやらその洞窟こそがロレン達が目指していた目的地であるらしいことをロレン達に告げていた。

「ね？　そうなりましたでしょ？」

自分の予想が当たったことを、特に誇《ほこ》るでもなくラピスがロレンに言うのだが、そのラピスの顔も事態の進み具合がどうにも不自然すぎることに対して当惑《とうわく》に彩《いろど》られていた。

「うちの団長って実は妖魔《ようま》や悪魔の類じゃねぇだろうな」

「それを私に聞きますか。ロレンさんに分からないものが私に分かるわけないじゃないですか。気配としてはおかしなところはなかったですけどね」

何かに化かされているのではないかと考えるロレンだったが、記憶をいくら総ざらいしてみても団長が人外の存在であったような記憶はない。

子供の頃からの付き合いで、今の今まで化かされ続けてきたのだとすれば相当な食わせ物であるのだが、ロレンとしてはそこまで団長を疑いたくはなかった。

「まぁ気楽に考えりゃ、目的地に着いたんだからいいか、って具合だな」

「少なくとも洞窟の入り口なら、少しは寒さも耐《た》えられそうですしね」

そう答えながらラピスは馬を操《あやつ》って荷馬車を洞窟の入り口へと向かわせる。

ロレン達の目の前に口を開いたその洞窟の入り口は、ロレンが縦横無尽《じゅうおうむじん》にその大剣《たいけん》を振り回《まわ》しても刃《は》が壁に当たらないほどの広さがあり、荷馬車もどうにか車ごと中へと入れるくらいの広さがあった。

ラピスはその壁際《かべぎわ》に荷馬車を停止させると、手綱を洞窟の壁の出っ張りに引っ掛《か》けて荷馬車を繋《つな》ぐ。

荷馬車から降りて、どことなくほっとしたような雰囲気《ふんいき》の馬の頭をロレンが撫《な》でてやっている間に、荷台からグーラとルクセリアが這《は》い出《だ》してきた。

「ここが目的地なんか？」

いつまでも芋虫状態では行動に問題が出ると考えたのか、グーラが寝袋からごそごそと這い出してくると、巻き付けてあったコートを肩から羽織り、自分で自分を抱《だ》きしめるようにしながら小さく肩を震わせる。

ルクセリアもグーラと似たような恰好で体を震わせていたのだが、こちらはぴっちりとした衣装の大男が行っているので、ロレンからしてみれば気味の悪さが際立つばかりであり、なるたけ目にしたくないものだと、そっと目を逸《そ》らした。

「ユーリさんの話が確かなら、おそらくそうだと思われますよ」

ラピスがまだ青い光を放っている紙片《しへん》をグーラに見えるように持ち上げて軽く振ってみせると、グーラは視線を洞窟の奥《おく》の方へと向けて、目を細めた。

「つーことはこの奥に、あの憤怒に対抗《たいこう》する何かがあるってことなんやね」

「情報に間違いがなければ、そういうことになりますが」

「ほな、急いで奥に行ってその何かってのを入手しようやないか。さっさとお仕事終わらせて、こないに寒いトコからおさらばしたいわ」

「見たところ、岩肌《いわはだ》なんかからして普通《ふつう》の洞窟みたいだから、そう入り組んではいないはずよね」

ルクセリアがまじまじと洞窟の壁《かべ》を調べながらゆっくりと洞窟の奥の方へと歩いていく。

ここが目的地ならば、入り口で休憩を取るよりも、グーラが言うように奥へと進んで、ユーリに依頼《いらい》された仕事を終わらせた方がいいだろうと考えたロレンは、ラピスとグーラを伴《ともな》って先頭を歩くルクセリアの後を追いかけようとした、その時であった。

小さく野太い悲鳴と共に、先頭を歩いていたルクセリアの体がいきなり後方へと向けて弾《はじ》き飛《と》ばされてきたのである。

あまりに唐突な状況に、それでもロレンの行動は素早《すばや》かった。

グーラの体を洞窟の壁の方へと突《つ》き飛ばすと、自分はラピスを庇《かば》うようにして反対側の壁へと飛びのいたのである。

幸いにも洞窟は飛んできたルクセリアの体を回避《かいひ》できるほどに幅広《はばひろ》く、ルクセリアはロレンが空けた場所をかなりの勢いで吹っ飛んでいくと、しばらくしてから後頭部から地面へと激突《げきとつ》し、後ろ回りの要領で何回転か転がった後に、その尻《しり》を天井《てんじょう》に向ける形でようやく止まった。

「何!?　何が起きたん!?」

「さぁな。危ねぇところだった。大丈夫《だいじょうぶ》かラピス」

「ありがとうございますロレンさん。庇ってくださったので問題ありませんでした」

ロレンに壁に押し付《つ》けられるような形になっていたラピスは、ロレンが体を離すのをどこか名残惜《なごりお》しそうな目で見ながら、口ではきちんとした礼の言葉を述べる。

そのラピスの目が、なんだか獲物《えもの》を狙《ねら》う肉食獣《にくしょくじゅう》のもののように見えて、ロレンは口をへの字に曲げ、その脳裏《のうり》ではシェーナが早く離れてくださいと大騒ぎしていた。

「本当に何があったって言うんだ？　あの巨体《きょたい》が宙を舞《ま》うなんざ、尋常《じんじょう》な話じゃねぇぞ」

転がり止まった状態のまま、ぴくりとも動かないルクセリアを見ながらロレンが言う。

ロレンよりもいささか体が大きいルクセリアは、当然その重量も巨体に見合ったものであるはずなのだが、そんなルクセリアを有無《うむ》を言わさず弾き飛ばすだけの力を考えれば、ロレンが言う通りに尋常な話ではない。

ましてルクセリアは邪神である。

その邪神が抵抗《ていこう》らしい抵抗を見せることなく吹っ飛んだというのは、そこに何かとてつもないものがあると思わせるのに充分な情報だったのだが、ルクセリアが弾かれた辺りへ目を向けてみても、そこには何も見えない。

「ラピスは何か見えたか？」

「いいえ。ロレンさんこそどうです？」

逆に問い返されて、ロレンは改めてルクセリアが弾かれた辺りを見ているのだが、何かしら仕掛けのようなものがそこにあるわけでもない。

（シェーナの方はどうだ？）

内心でシェーナに呼びかける。

〈死の王〉であるシェーナならば、何らかの兆《きざ》しのようなものを見つけられるのではないか、と思ったロレンだったのだがシェーナの返答は芳《かんば》しくなかった。

〈今、お兄さんと視界が同調しているので、お兄さんに見えないものは私にも見えないです〉

「何も見えねぇな。何もねぇってことはねぇんだろうが」

首を振《ふ》りながらロレンが言うと、ラピスはしばらく思案顔をした後で、むんずとばかりに近くにいたグーラの手首を掴んだ。

いったい何をする気なのかとロレンも、手首を掴まれたグーラも思ったのだが、それは即座《そくざ》に分かることになる。

「えい」

「ちょっと待ちぃな⁉」

小さな掛け声《ごえ》と共にラピスがその手を振れば、その手に掴まれていたグーラが悲鳴と共に前方へと投げ飛ばされていく。

思わず呆気《あっけ》に取られ、一歩前へと踏《ふ》み出したロレンの目の前で、投げ飛ばされたグーラの体がちょうど先程、ルクセリアが弾かれた地点へ到達《とうたつ》した瞬間《しゅんかん》に、何かの冗談のように鋭角《えいかく》にその軌道《きどう》を変えるとルクセリア同様にその場から弾き飛ばされ、悲鳴の尾《お》を引きながらロレン達の後方へと吹き飛ばされていった。

「やっぱり弾かれますね」

まだ転がった姿勢のままだったルクセリアに激突し、二人揃《そろ》って呻《うめ》き声を上げた邪神達《じゃしんたち》を放置して、ラピスはグーラの体を弾き飛ばした辺りをじっと睨《にら》む。

「後ろいいのかよ？」

「検証は必要だったのです」

ルクセリアに比べて体の軽いはずのグーラだったのだが、着地地点はルクセリアと全く同じであったらしく、転がったままのルクセリアの上にグーラの体が激突してしまっている。

ルクセリアの方はその衝撃《しょうげき》でさらに転がっていってしまったのだが、グーラの方はルクセリアを弾く形でその場に這いつくばっており、どこか恨《うら》めしげな目でラピスのことを睨みつけていたのだが、ラピスの方はそんな視線に気がついた様子もなく、邪神達を弾き飛ばした地点をじっと見つめていた。

しばらくして、何か思いついたのかラピスは今度は自分が前に出ようとし、慌てたロレンに肩《かた》を掴まれて足踏《あしぶ》みしながら立ち止まる。

「何するつもりだよ？」

「何かあるのは確かです。であれば、今度は邪神だから反応したのかそうでないのかを検証しなければいけないかと。幸い、グーラさんの様子を見ると命にかかわるような危険な仕掛けではないようですし、私、これでも頑丈《がんじょう》な方ですし」

単純に頑丈さだけを論ずるのであれば、確かに今現在その場にいるメンバーの中で最も脆《もろ》いのはロレンであった。

命にかかわりそうにないとはいえ、それなりの距離をそれなりの速度で飛ばされる以上は怪我《けが》の可能性を考慮《こうりょ》して、少しでも物理的に頑丈な者が試《ため》してみるというのは道理である。

しかしながらそれを許容できるかできないかという点については別問題であり、ロレンはラピスの肩を掴んだまま、自分の背後へと押しやると自分が前へと踏み出した。

「それなら俺《おれ》がやる」

「いえロレンさん、それは……」

「仕掛けを観察するなら、ラピスじゃなくて俺が行った方がいいだろ。何か起きねぇか注

意して見ててくれ」

被験者《ひけんしゃ》と観察者を同時に担《にな》うよりは、どちらか一方に専念した方がいいだろうとロレンは思う。

そして、ラピスの方が自分よりも観察者として適しているだろうことは疑う余地もなく、
ならば自分が被験者を担当するのが筋だろうというのがロレンの意見であった。

それについてラピスは何か言いかけたのだが、ロレンに制されて口を噤《つぐ》む。

「まぁ俺が見てるよりは何か分かるだろ」

「それはそうかもしれないのですが……」

口ごもりつつも認めたラピスに手を振って、ロレンは無造作に足を前へと運ぶ。

人が吹き飛ぶほどの威力《いりょく》で弾かれるというのは、結構な威力のはずではあったが、来る
ことが分かっているのであれば覚悟を決めることができる。

それにラピスが言っていた通り、ルクセリアもグーラもどこか骨が折れたりしたような
気配はなく、大事にはならないだろうという予測もロレンを落ち着かせていた。

だからこそゆっくりと歩を進めていたロレンだったのだが、何かおかしいということに
気がついたのは邪神達が弾き飛ばされた地点を数歩過ぎた後のことである。

そろそろ弾かれてもいいはずなのにと思いながら歩くロレンであるのだが、そのような

ことになりそうな気配がまるで感じられなかったのだ。

さらに数歩進んで何事も起きないことを確認《かくにん》したロレンは、どこか困ったような表情で自分の行動を観察しているラピスの方を振り返る。

「どうなってんだ？」

「邪神にだけ反応する仕掛け、ということなんでしょうか？」

首をかしげてそう呟《つぶや》いたラピスは、次の瞬間にはその場からひらりと身を翻《ひるがえ》した。

「試しにラピスちゃんが突っ込……うわっとぉ⁉」

背後からラピスのことを突き飛ばそうとしたのはグーラであった。

しかし、おそらくはその行動を察知していたのであろうラピスが身を翻したことにより、突き出した手で押す対象がいなくなり、そのまま勢いよく前のめりにつんのめったグーラはついでとばかりに背後へ回ったラピスに強めに押されて転び、そのままロレンの足下《あしもと》までごろごろと転がってくる。

「弾かれませんね？」

目でも回したのか大の字に洞窟の床《ゆか》に横たわるグーラの近くまで来て、動かないグーラの様子を観察するラピスに、ロレンはなんと答えたものか考えてから口を開いた。

「回数制限でもあったか？」

「さて？　確実なところは分かりませんが、どうやら私も弾かれないようですから、通れるみたいですね」

「みてぇだな。まぁ……考えても分かんねぇから進むか」

「ですね。ほらグーラさんもルクなんとかさんも行きますよ」

歩き出すロレンの背中を見ながら、ラピスは大の字状態のグーラをつま先で突《つつ》く。

その刺激《しげき》で目を覚ましたグーラが、扱いの酷《ひど》さに不服そうな呻きを上げ、ルクセリアがぶつぶつと何か文句を言いながら立ち上がったのには目もくれず、ラピスはぼそりと一言呟いたのであった。

「もしかしたら、通れる人が通ったから、仕掛けが無効になった、という可能性も無《な》きにしも非《あら》ずじゃないですかね」

ロレンの耳には届かなかった、その呟きの内容が何故《なぜ》かしっくりと来るような気がして、ならばそれがいったい何を意味しているのかということを考えつつ、先に行ってしまったロレンの後をラピスは小走りに追うのであった。


洞窟というものはそれほど意地の悪い造りにはなっていない。

自然の造形物であるからこそ例外はあるものの、大概《たいがい》は素直《すなお》ないくつかのルートを含《ふく》んだ単純な造りになっているものだ。

自分が通ってきた道をいちいち何かに記したり、分岐《ぶんき》がいくつも存在していて帰り道が分からなくなるようなものは洞窟の規模が大きくなればあるかもしれないが、普通の規模の洞窟であれば内部で迷うようなことにはそうそうなったりしない。

ロレン達が入り込んだ洞窟というものも、素直な類《たぐい》のものであったようで、ほとんど一本道になっている通路を、ロレン達は灯りも点《つ》けずに進んでいた。

暗闇《くらやみ》というものは人族の目からすれば、何も見通すことができなくなる非常に厄介《やっかい》な代物ではあるのだが、ロレンに関して言うならば〈死の王〉が持つ能力を少しずつ取り込んでいってしまっているようで、シェーナに声をかけなくとも何がどこにあるのか判別できるくらいの視界は確保できている。

「あんまりいいことじゃねぇんだろうがな」

〈死の王〉の力を取り込みつつあるということは、そのまま人の身からは遠ざかりつつあるということを表している。

それがどのような結末を迎《むか》えることになるのかについては現状では分からないものの、あまり喜ばしい話にはならない気がロレンはしていた。

だからといって、自分の内側から追い出せば消えてしまうだろうシェーナのことを思うと追い出す気にもなれず、なんとなくなるようになれと考えてしまっているのが今のロレンの心情ではある。

「見る限りは普通の洞窟なんですけどね。本当にこんなところに憤怒の邪神さんに対抗《たいこう》するものなんてあるんでしょうか」

周囲を見回しながらそんな疑問を呈《てい》したのはラピスである。

確かに周囲の様子に誰かの手が加えられたような形跡《けいせき》はなく、ただの洞窟の奥にユーリが言っていたような何かが納められているとはやや考えにくい。

「入り口に罠《わな》っぽいもんがあったんだから、全く誰の手も入ってねぇってこともねぇんじゃねぇか?」

「ユーリさんからもらった紙と、その事実だけが今のところ手がかりですね」

ひらひらと指で摘《つ》まんだ紙を揺《ゆ》らしてみせるラピス。

その揺らされている紙は、入り口で見たときよりもさらに強い光を放つようになっていた。

特にそういった説明はユーリの口からなかったらしいのだが、光が強まるということはおそらく目的の物に近づいている証《あかし》なのだろうとロレンやラピスは思っている。

「道筋が一本道なのは助かります。ここで迷路《めいろ》をさまよいたいとは思いませんからね」

「多少和《やわ》らいだとはいっても、まだ寒いからな」

洞窟の中にいることと、羽織っているコートのおかげで耐えられない程《ほど》ではなくなっているが、それでも十分寒いと感じるほどに大気は冷え切っている。

長居したいとは思えないその空間で、ラピスが言うように迷路を進むような真似《まね》はロレンもしたくなかった。

「しかし、この先にいったい何があるってんだ？」

「さぁ？　憤怒の邪神さんの力に対抗する何か、というわけですからきっとあの炎《ほのお》の力に対抗できるものだと思うんですけどね」

「単純に考えりゃ、水か氷の力を宿した何かやと思うけどね」

二人の背後からグーラが会話に参加してくる。

そのグーラもコートを羽織っているおかげで、いつもの恰好が隠《かく》れ、どうにか寒さに耐え切れているらしいが、その隣《となり》のルクセリアは内股《うちまた》で、自分を抱きしめるように両腕《りょううで》を交差させ、もじもじとした感じで歩いていた。

グーラの方を振り返ればどうしてもルクセリアの姿が目に入ってしまうので、ロレンは振り返りもせずにグーラに問いかける。

「あれに対抗するってんなら、相当強力な代物なんじゃねぇか？」

「せやねぇ。生半可な代物じゃあれに焼かれて灰になるだけやからねぇ」

「そんな強力な代物、俺らで持ち運べんのか？」

単純に考えれば憤怒の邪神と反対属性で、同じくらいの力を持った何かがロレン達が進む洞窟の奥に安置されていると思われた。

そんなものを気軽に持ち運べたりするのだろうかというロレンの疑問に、グーラは答える言葉を失い、ラピスは軽い感じで答える。

「持ち運べる物だと思いましょう。そうでなければユーリさんが取ってこいとは言わないでしょう、きっと」

「団長のことだから、そこまで考えちゃいると思うんだが……」

〈お兄さん、前方に扉《とびら》があります〉

そこまで言いかけたロレンは、脳裏に流れたシェーナの声に言葉を止め、視線を前方へと向ける。

闇を見通すことのできる〈死の王〉の視界の中で、これまで自然物だとしか思えなかった洞窟の壁がずっと続く先に、シェーナが言った通りに明らかに人工物だと分かる金属製の扉が見えた。

それにはラピス達《たち》も気付いたらしく、全員がその場に足を止める。

「それっぽいものが現れましたね」

入り口でのこともあり、その場から動かずに注意深く扉の周囲を観察するラピスであったのだが、しばらくしてそっと首を振る。

入り口でもそうだったのだが、ラピスの魔族の視界と知識をもってしても、扉周辺に何らかの異常を認めることができなかったのだ。

しかし、あからさまにその扉の先に何かあるだろうという状況で、何の仕掛けも施されていないとは考えにくく、どうしたものかと首を捻《ひね》るラピスの隣からロレンが何げない風を装って、すっと足を踏み出した。

「ロレンさん？」

「今度は俺が行ってみる。グーラ達にまた飛べってのもあんまりだろ」

「飛ばされる罠がある、とは限らないのですが」

「そんときゃ助けてくれ。頼《たよ》りにしてるぜ」

入り口の仕掛けが比較的《ひかくてき》殺傷能力の低いものだったからといって、今度もまたその類の仕掛けが施されているとは限らない。

いきなり命に関わりかねない威力の何かが仕掛けられている可能性も捨てきれないのだ

が、背後に魔族と邪神が二人もいる上に、ロレンの内側にはシェーナという〈死の王〉まで存在しているのだから、なんとかしてくれるのではないかという楽観的な考え方のもと、ロレンはゆっくりと洞窟の先にある扉へと歩み寄っていく。

ある程度、何があっても対処できるようにと警戒《けいかい》しながら進むロレンではあったのだが、そろりそろりと歩いていくうちに、やがて扉の前まで到達してしまう。

何も起きることなく到達してしまったロレンは、拍子抜《ひょうしぬ》けしたような表情で足を止めた位置で待っているラピスの方を振り向《む》いたのだが、ラピスはひょいと肩を竦《すく》めてからグーラ達を手招きしつつロレンの待つ場所まで歩いてきた。

「何も起きねぇな」

「兆しはいくつかありましたけど、一つも発動しなかったですね」

ロレンが気づいていなかっただけで、背後から見守っていたラピスからはおそらく侵入《しんにゅう》者《しゃ》対策用の仕掛けであろう何かが動く兆しが見えていたらしい。

しかしそれらはロレンが通過しても、発動することがなかったのだ。

「ロレンさん、あなたはいったいどこのどなたなんです？　ちょっとおかしいなってことがこれまでもいくつかあったりしたのですけど」

「んなこと言われてもなぁ。俺の生まれなんざ俺自身も知らねぇしよ」

「これは一度、ユーリさんを締《し》め上《あ》げてみる必要があるかもしれませんね。とりあえず、今は目の前の事柄《ことがら》を処理するのが先決ではありますが」

そう言いながらラピスは目の前にある扉に触《ふ》れないように注意しながら顔を近づける。

表面に何やら模様が刻まれている金属製の扉には取っ手もなければ鍵穴《かぎあな》のようなものも、見る限りは存在していないようだった。

手をかけられるような場所もなく、このままではどうやっても開くことができないように見えるそれから顔を離《はな》したラピスは、ロレンの方へ向き直るとどこか投げやりな口調で告げる。

「ロレンさんが押したら開くんじゃないですかこれ」

「そんな馬鹿《ばか》げたことはねぇだろ」

「試しに押してみてくださいよ。見た限りでは罠の類もなさそうですし」

言われてロレンはいちおう、シェーナにも確認を取ってみる。

ロレンの視界の中で、ぱたぱたと羽を動かす姿を見せたシェーナはしばらくじっと扉を見つめた後、ロレンに向けて一つ頷《うなず》いてみせた。

この二人が調べてみて、罠の類がなさそうだと言うならば、仮にあったとしても自分には分からない代物であろうと考えたロレンは、警戒は解かないままに扉にそっと手をかけてみる。

「どうなってんのよこれ」

「そりゃうちが聞きたい話やなぁ」

背後で邪神達のそんな会話が聞こえる中、ロレンが手をかけただけで金属製の扉はまるで最初からそこに何もなかったかのように、その姿を消してしまったのである。

目の前の光景が理解できないロレンであったのだが、そんな思いをかき消すかのように、口を開いた入り口からは突然《とつぜん》、とてつもない冷気が噴《ふ》き出し始め、ラピスは小さく悲鳴を上げてロレンへとしがみつき、邪神が二人そろって盛大な悲鳴を上げ始めた。

コートを身にまとっているというのに、体に染《し》み込んでくるほどの冷気はロレン達の動きを鈍《にぶ》らせ、露《あら》わになっている肌《はだ》の部分はただ痛みだけを訴《うった》えてくる。

みるみるうちに奪《うば》われていく体温に、ロレンが一瞬このまま死ぬのではないかと危惧《きぐ》したのであるが、しばらくすると吹《ふ》き付けてきていた風は治まり、いくらか冷気も落ち着いて、そこでロレンはようやく深々と息を吐き出すことができた。

「腹の中まで凍《こお》るんじゃねぇかと思ったぜ」

冗談《じょうだん》でも比喩《ひゆ》でもなく、心底そう感じていたロレンは自分の腕《うで》に顔を埋《うず》め、しがみついているラピスの肩を軽く叩《たた》いてやる。

「おい、そっちは大丈夫か」

ラピスが顔を上げるのを見てから、背後の邪神達へ声をかけてみれば、グーラは歯の根が合わないほどに震《ふる》えつつも、大丈夫だとばかりに手を上げてみせたのだが、ルクセリアの方は真っ青な顔をしたまま、ぴくりとも動かなくなっていた。

もしや凍死《とうし》したのかとロレンは思ったのだが、寒さを堪《こら》えながらグーラがルクセリアの首筋に手を当て、残念そうに溜息《ためいき》を吐《つ》いたのを見て、生きてはいるようだと悟《さと》る。

「扉の内部に閉じ込められていた冷気が一気に噴き出したんですね。ちょっとだけですけど死ぬかと思いました」

「俺も危ねぇなと思ったよ。まぁ凍死ってのはそこそこ楽な死に方に入るらしいが」

文字通り、眠《ねむ》るように死ねるらしいという話を誰《だれ》かに聞いた覚えがあったロレンであるが、いかに楽な死に方だからといってここで死にたいとは欠片《かけら》も思えない。

とりあえず動けそうにないルクセリアと、その様子を見守っているグーラをそこへ置いておくことにして、ロレンはラピスと共にさらに奥へと足を踏み入《い》れる。

「これじゃないですか?」

いくらも進まない内にラピスが指をさしたのは、洞窟の進む先にある袋小路《ふくろこうじ》と、その床に深々とその刀身を突き刺《さ》している片刃《かたは》の軽く湾曲《わんきょく》した剣であった。

暗闇の中において、その暗闇を押《お》しのけるように青白く光っているそれを、ロレンとラピスは近づいてしげしげと見つめる。

「シミター、というやつですかね？」

「ファルシオンじゃねぇか？」

「それ、どう違《ちが》うんです？」

「ファルシオンの方が厚くて重い」

ロレンに言われて改めてラピスが刀身を見れば、確かに床に突き刺さっているそれは肉厚の刃であり、片手で扱《あつか》うには少しばかり苦労しそうな重量感を伴っていた。

青白い光はその刀身にまとわりつくようにして立ち昇《のぼ》っており、ラピスはそれが強烈《きょうれつ》な冷気の魔力《まりょく》であることを見て取る。

「どうもこれが団長さんの言っていた対抗するものというやつみたいですね。アイスファルシオンとでも呼びますか」

「炎に対抗するのに氷ってわけだな。けどよ、あの強烈な憤怒の力にこれで対抗できんのかね、本当に」

「できると信じましょうよ。団長さんがそう言ってたのですし」

そう答えながらラピスは床に突き刺さっているその剣の柄《つか》に手をかけようとして、一瞬《いっしゅん》躊躇《ためら》った後にロレンにその場を譲《ゆず》るように脇《わき》へとどいた。

譲られたロレンからしてみれば、誰が引《ひ》き抜《ぬ》いてもいいような気がしていたのだが、わざわざラピスが自分に譲ったということは何か意味があるのだろうと考えて、ラピスが空けた場所へ進むと、そっと剣の柄に手をかける。

ほんのわずか、掌にぴりりとした冷気の痛みが走るが、それ以上のことは起こらずに、ロレンは軽く力を込めただけで床に突き刺さった剣を引き抜くことができた。

「その昔、どこぞの石とかに刺さった剣を抜いた者が王様になれる、とかいう伝説があったような気がしますけど」

「そんな大層なもんでもねぇだろ。さ、必要なもんは手に入ったんだ。こんな寒いとこからはさっさとおさらばしようぜ」

引き抜いた剣は抜身《ぬきみ》で床に突き刺さっていたせいで、納める鞘《さや》がない。

入り口付近に停《と》めてきた馬車まで戻《もど》り、布か何かで巻いてやる必要があるだろうとロレンがラピスを促《うなが》して出口へ戻ろうとしたときであった。

「おのれはっ⁉　なしてこないなとこにっ！」

「つけてきたのね、この変態っ！」

焦《あせ》りの色を帯びたグーラの叫《さけ》び声と、肩がコケるような思いを抱いてしまうルクセリアの声が出口の方向から響《ひび》いてきたのであった。

邪神達の声に足を速めて、戻ったロレン達が見たのは身構える二人の邪神と、その向こう側に立っている一人の男であった。

長身に足元まで隠れるようなコートを羽織っても性別が分かるほどに鍛《きた》え上げられた体つきのその男は、目の前に立っている二人の邪神など目に入らないように、新しく現れたロレン達の方を見ている。

緩《ゆる》くウェーブのかかった灰色の髪《かみ》に顔全体を覆《おお》う白い仮面。

仮面越《ご》しに見える鋭《するど》い目つきは見るからに一般人《いっぱんじん》とは思えないものであったがロレンの警戒心《けいかいしん》をかきたてたのは、ほとんど明かりのない洞窟の中で迷うことなくロレン達の方へと視線を向けたことと、その瞳《ひとみ》の色が紫《むらさき》であることであった。

「それが憤怒に対抗するものというやつか？　なるほど確かにそれなりの品物ではあるようだが、大した物ではないな」

ロレンが手にしているファルシオンを顎《あご》で指し示しながらそう言った男に、ロレンは答えることなく身構えているグーラへと声をかける。

「知り合いか？」

「この気配とあの仮面……あいつが傲慢《ごうまん》の邪神《じゃしん》、スペルビアや」

男から視線を外すことなく答えたグーラの言葉に、ロレンは小さく唸《うな》る。

ロレン達がいる洞窟は、ここまで到着《とうちゃく》した経緯《けいい》からしてあまりはっきりと断言すること はできなかったのだが、ロレンが知る限りでは帝国《ていこく》領域内にあるもので、王国側からの妨《ぼう》害《がい》があるかもしれないとはあまり考えていなかったのである。

それが邪神の一人を差し向けるくらいにはっきりとした妨害を仕掛けてくるということは、ロレンの想像の範囲《はんい》外《がい》の出来事だったのだ。

「そいつをこちらへ渡《わた》せ。それでお前達は見逃《みのが》してやる」

「寄越《よこ》せと言われて、はいそうですかと応じると思うかよ？」

右手を差し出して告げるスペルビアへ、ロレンがそう応じてやるとスペルビアはまるでできの悪い生徒に対する教師のような雰囲気で、そっと溜息を吐いた。

「お前達に関わっている時間が無駄《むだ》だ。手間をかけさせるな」

「状況《じょうきょう》が見えてねぇのか？　こっちにゃお前のお仲間が二人もいるんだぞ」

「仲間？　何を言っているんだお前は」

同じ邪神同士であるならば、数が多い方が有利ではないかと思ってのロレンの言葉であったのだが、口にしてみてから憤怒《ふんぬ》を相手にしたときにたった一人の憤怒から逃《に》げ出すのがやっとだったことを思い出す。

これは言葉の選択《せんたく》を間違《まちが》えたかと思うロレンだったのだが、スペルビアは何かしら非常に意外なことを耳にしたように不思議そうな声を出した。

「俺に仲間などいない。そいつらと同列に扱われるのは不愉快《ふゆかい》だ」

同じ邪神ではないか、という言葉をロレンはぎりぎりのところで飲み下した。

それはグーラやルクセリアの表情が、スペルビアの言葉に対して悔《くや》しそうではあったものの、反論の言葉を口にしなかったせいである。

どうにも不味《まず》い状況らしいということを認識《にんしき》しながらもロレンは努めて軽い口調で、スペルビアに話しかけた。

「そいつは悪かったな。俺らからしてみりゃ、邪神ってだけで区別なんかつかねぇからな」

「無知は罪であるが、一度は許そう。知る機会を得たことを感謝するがいい」

「見下す目線が高過ぎて、耳がキーンとなりそうですね」

ぼそりと小さく呟いたラピスに黙《だま》っているように手振《てぶ》りで示して、ロレンは手にしていたファルシオンを掲《かか》げて見せる。

「こいつを寄越せってことだが、こっちも仕事で来てるもんでな。手ぶらで帰ったんじゃ雇《やと》い主《ぬし》に申し訳が立たねぇんだ」

「それは俺の知ったことではないな」

「そうツレねぇこと言いなさんな。そもそもあんた、どうやってここに？　傲慢の邪神だって聞いてたが、王国の走狗《そうく》ってわけでもねぇんだろ？　あ、ラピス。ちっとこれ見ててくれねぇか」

ロレンは顔にへらりとした笑《え》みを浮《う》かべる。

いつものロレンとは異なる、どこか街のちんぴらめいた雰囲気にラピスが驚《おどろ》きの表情でロレンを見上げたのだが、そんなラピスへロレンは手にしていたファルシオンをそっと渡すとぽりぽりと頭をかきながら、言葉を続けた。

「傲慢なあんたにゃ無縁《むえん》の話かもしれねぇが、俺みてぇな冒険者《ぼうけんしゃ》はこれで飯を食ってるもんでな。依頼失敗となりゃ信用にも関《かか》わってくる。俺ぁ命も惜《お》しいが、銭《ぜに》も惜しい」

「金か。いくらか用立てればそれを引き渡すか？」

「そいつは額面次第《しだい》じゃねぇかな。なんせしばらく仕事にありつけなくなるかもしれねぇんだしよ」

「小銭を惜しんで命を落とすか？」

「小銭だと思うんなら、気前よく恵《めぐ》んでくれよ旦那《だんな》」

ロレンにまぜっかえされて、スペルビアは少々面食らった雰囲気《ふんいき》になる。

しかしそれは二人の会話を聞いているグーラやルクセリアについても同じであり、二人とも呆然《ぼうぜん》とロレンの方を見ていた。

そんな三人の邪神の視線を一身に浴びながら、ロレンはロレンのことを知る者からすればいつもとはまるで違った軽薄《けいはく》な声でしゃべり続ける。

「王国に命じられて動いてんなら、そこそこ懐《ふところ》は温けぇんだろ？　おこぼれにあずかりてぇもんじゃねぇか」

「別に命じられて動いているわけではない。俺に命じられる存在などこの世にない」

「それじゃなんでまたこの剣《けん》に執着《しゅうちゃく》してるんで？」

「王国のマグナという人間に一つ借りがある。それを返すまで手伝ってやっているだけだ」

自分でそう言っていてもあまり納得《なっとく》できていないのか、ふいと視線を逸らすスペルビアにロレンは愛想《あいそ》笑《わら》いを向けながらちらりとラピスの方へ視線を走らせる。

ロレンから剣を受け取っていたラピスはじっと剣の刀身へ視線を落としていたのだが、ロレンの視線に気が付くと、小さくこくりと頷いてみせた。

「傲慢の邪神に貸しを作るってのはすげぇな。何をしてくれたってんだ？」

「俺《おれ》の封印《ふういん》を解く手伝いをしたというだけだ。奴《やつ》の手助けがなくともいずれ解けたのだろうが、その時期をいくらか早めてくれたことには報《むく》いねばならんだろう」

傲慢を名乗る割に、結構義理堅《ぎりがた》い性格なのだなと呆《あき》れるロレンへスペルビアはやや険しい視線を向けてくる。

「お前のことはマグナから聞いている。ロレンと言ったな。話に聞いていたのとは少々印象が異なるが、グーラとルクセリアを連れている以上は間違いあるまい」

「どんな話を聞いたんだかお聞かせ願いてぇとこだが、まぁ俺がロレンだよ」

「お前とマグナの確執《かくしつ》には興味がない。俺はただお前が手に入れるであろう物を奪ってきてくれと頼《たの》まれて来ただけだ。大人しく渡せばいくらか支払《しはら》ってやるし、断るというならお前達《たち》を処理してからゆっくりとそれをもらっていこう」

そう語るスペルビアを見て、ロレンはゆっくりとグーラとルクセリアへと視線を移す。

ルクセリアの方はスペルビアに対して身構えたままであったのだが、グーラの方は早々に抵抗を諦《あきら》めたのか構えを解いてしまうとロレンに対してそっと首を横に振《ふ》ってみせた。

その仕草でロレンはこの邪神二人がかりでもスペルビアに対抗《たいこう》するのはどうやら難しいらしいということを悟る。

「仕方ねぇな。ラピス、そいつを渡しても問題ねぇか？」

「次善の策ではありますが、ちょっと問題があります。なのでこうしましょう」

答えたラピスは手にしていた剣を逆手に持《も》ち替《か》えると、力を込めて足元の地面へ刺す。

刀身の先端《せんたん》を床に食い込ませて立つ剣の柄から手を離すと、ラピスは軽く手を払いながらスペルビアへと告げた。

「ここにこれは置いていきます。私達が洞窟《どうくつ》を出たら、これは貴方《あなた》の物です。そういう約束でいかがですか?」

あっさりと剣の入手を諦めてしまったらしいロレンとラピスの言動に、グーラやルクセリアは何事か口にしかけたのだが、ロレンはそれを身振りで制する。

「あんたも傲慢の邪神って名乗るくらいだ。まさか俺達の背後から不意打ちするみてぇなケチな真似はしねぇだろ?」

「手間がかからんのならそれでいい。お前達が逃げ出《だ》す時間くらいは待ってやろう」

「ありがてぇ話だ。おい、さっさとズラかるぞ」

スペルビアが頷いたのを見てから、ロレンはどこか呆然としたような雰囲気のグーラとルクセリアの肩を叩き、この場からさっさと退散するように促す。

本当にそれでいいのかと疑問に思いながらも、ロレンに押し出されるようにしてグーラとルクセリアは立《た》ち尽《つ》くしているスペルビアの脇を抜けて出口の方へと移動していく。

それに続いてラピスがスペルビアの横を通《とお》り抜け、最後にロレンがいくらか警戒しつつ小走りに駆《か》け抜ける。

「それほど警戒せずとも。貴様ら相手に不意打ちなどせんがな」

「それでも警戒しちまうだろ。あんたほど大胆不敵《だいたんふてき》にゃなれねぇよ」

「小物ならば仕方ないか。そら、こいつが駄賃《だちん》だ」

すれ違いざまにスペルビアが口にした言葉に、ロレンは律儀《りちぎ》に言葉を返す。

そんなロレンへスペルビアは一枚の硬貨《こうか》を投げて寄越し、受け取ったロレンはそれが金貨であることを確認してからそっと懐へとしまいこむ。

「ありがてぇな」

「そんな小銭で喜ぶとは、たかが知れている」

馬鹿にしたように鼻で笑うスペルビアに愛想笑いを返してから、ロレンは先を行くグーラとルクセリアに走る速度を上げろと言わんばかりに手を振り、走る速度を上げてラピスに追いつくと小さな声で尋《たず》ねる。

「どうだ?」

「大丈夫《だいじょうぶ》ですよ。あとはタイミングだけです」

任せろとばかりに親指を立てて見せたラピスの反応に頷いて、先を行くグーラの背中を押し、ルクセリアの尻《しり》を蹴飛《けと》ばして急がせたロレンは、洞窟の入り口付近に停めてあった荷馬車を発見すると、御者台《ぎょしゃだい》にラピスを乗せ、荷車にグーラとルクセリアを押し込むと、洞窟の壁《かべ》に結んであった綱《つな》を解《ほど》き、馬の尻を叩いてから素早《すばや》く御者台へと登る。

「出してくれ」

「発車と同時に行きます」

ロレンの指示でラピスが手綱《たづな》を手に取り、荷馬車を急発進させる。

荷車の上でその発車の勢いに負けて倒《たお》れるグーラ達が毒づいたり罵声《ばせい》を上げたりするのを無視しつつ、ラピスは馬車の操作に集中しながら高らかに声を上げた。

「霜天《そうてん》逆巻き、蒼《あお》に凍《し》み透《とお》れ」

「ラピスちゃん？」

「飛ばしますよ、掴《つか》まっていてください！　我呼ぶ声に応じよ！」

グーラの問いかけに答えずに、注意するよう呼びかけたラピスが何か宣言でもするように言い放った瞬間、グーラとルクセリアは背後に膨《ふく》れ上がった魔力の気配にそろってぎょっとした表情のまま勢いよく振り返った。

その方向は間違いなく、自分達が走り抜けてきた方向であり、おそらくはいまだにスペルビアがいるであろう方向である。

いったい何が起きたと思う間もなく、吹きつけて来たのは身が凍るような冷風であり、さらに洞窟の奥《おく》の方へと目を凝《こ》らせば、まるで大気そのものが氷に変じたのかと思わせるような量の氷がとんでもない勢いで噴出《ふんしゅつ》してくる光景が目に飛び込んできた。

「何なん!?」

「答えは後回しということで！　今はこの場から少しでも早く離脱《りだつ》しなければ、あれに巻き込まれて私達も終わりですよ！」

グーラの驚きの声にそう答えて、ラピスは荷馬車を曳《ひ》く馬へ鞭《むち》を入れる。

速度が上がったことで激しく上下に揺れる御者台に必死にしがみつきながら、ロレンは背後を振り返り、爆発的《ばくはってき》にその範囲《はんい》を広げていく氷の塊《かたまり》を見ながらこれでどうにかなりますようにと祈《いの》るばかりであった。

第四章　報告から指示される

「そんなわけで、依頼《いらい》は失敗した。悪ぃな団長」

あまり悪いとは思っていなそうな口調でロレンがユーリにそんなことを告げたのは、ロレン達があの山から逃げ出して元来た街へと到着し、一晩ゆっくりと休んだ次の日の朝のことであった。

ラピスとグーラを連れて、ユーリが待っている軍の施設《しせつ》へと赴《おもむ》いたロレンは、そこに詰《つ》めている兵士にユーリの名前を告げ、面会を求めた後で通された部屋で開口一番にそんな言葉を口にしたのである。

事の次第を説明した後、あまりに堂々と失敗したことを報告するものであるから、連れてこられたラピスやグーラがぽかんとした顔でロレンのことを見守る中、報告を受けたユーリは怒《おこ》り出すわけでもなく、さして残念がるような様子を見せることもなく、ただ一言だけ応じた。

「ご苦労」

「酷く淡々《たんたん》としてますね」

それ以上、何か追及《ついきゅう》したりすることもなく、自分が座《すわ》っているテーブルの向かいの席を勧《すす》めてくるユーリに、ラピスが疑うような視線を向けつつそんな言葉をかけたのだが、ユーリは椅子《いす》に座ろうとするロレン達を眺《なが》めつつ、そっと首を振った。

「ロレンにしか頼めないことだ、と私は言った。そのロレンが行って失敗したのだとすれば、他の誰が行っても同じこと。責める気にはなれんよ」

「そもそもあそこはいったい何だったんです？　普通《ふつう》の場所じゃないですよね？」

質問というよりは詰問《きつもん》しているのではないか、と思うようなややきつい口調のラピスに対して、ユーリはしばらくラピスの顔をじっと眺めていたのだが、やがてそっと首を竦めると変わらない口調で答えを返す。

「さて、忘れたの」

「その返答で納得できるとでも？」

「そうは言われても忘れてしまったからの」

とぼけるようにそう答えながら、ユーリは視線をラピスからロレンへと移す。

黙って二人のやりとりを眺めていたロレンへ、ユーリは口調を変えずに告げた。

「忘れたということはいずれ思い出すかもしれん。思い出したら伝えよう」

「分かった。それでいい」

「いいんですか？」

どこか不服そうなラピスではあったのだが、ロレンは宥《なだ》めるかのようにその頭に手を置いてから、ぼそりと呟《つぶや》くように答えた。

「団長が答えたがらねぇ話を引き出せる自信はねぇよ」

「ちょっと痛い目を見て頂ければ、口が軽くなるかもしれないですよ？　衝撃《しょうげき》で忘れた記《き》憶《おく》を思い出すかもしれないですし」

頭に置かれたロレンの手に、くすぐったそうな顔をしながらも非常に物騒《ぶっそう》なことを口にし始めるラピスに、ロレンとユーリの表情が同時に引き攣《つ》る。

ラピスがその気になったら、止める手立てがないという事実を知るロレンであるからこそ顔が引き攣るのは理解できる話ではあったのだが、それを知らないはずのユーリまでもが顔を引き攣らせたのを不思議に思ったグーラが、こちらは何か探《さぐ》るような表情と口調で尋ねた。

「あんた帝国の将軍様やろ？　ラピスちゃんが実力行使に訴え出《で》ても止められるのと違うん？」

「それはそうかもしれんがの。その神官と行動を共にしているロレンがその気になった場合に私には止める手立てが思いつかん」

そっちの心配かとグーラは納得する。

確かにユーリは帝国の将軍職にあり、声を上げればすぐにでも部屋の外にいるであろう兵士達が雪崩《なだれ》を打って部屋に入ってくるはずではあったが、室内という空間においては一度に入ってこられる人数は限られているはずであった。

その人数で、ロレンを抑《おさ》えられるかと考えれば確かにユーリが危惧するようになかなか難しい話であろうとグーラは思う。

「しかし痛いの。あの魔術《まじゅつ》道具ならば炎の力に十分対抗できると思うておったんだが」

「仕方ねぇだろ。傲慢一人、しばらく無力化したってことでよしとしてくれ」

溜息を吐き出すユーリにそう応じたロレン。

そのロレンにグーラは疑問に思っていたことを聞いてみる。

「そういやあの逃げ出すとき、いったい何をしたん？」

「所有権の移譲《いじょう》と鑑定《かんてい》、それに魔術道具を行使した結果ですね」

ロレンの代わりに答えたのはラピスである。

並べられた言葉に理解を示さないグーラへ、ラピスはもう少し詳《くわ》しい説明が必要であろうと考えると、人差し指をぴっと立て、それを左右に振《ふ》りながら説明を開始した。

「あのファルシオンは誰にでも使えるような品物ではなく、所有者にのみ行使が許されるような類《たぐい》の魔術道具だったんです。つまりあの時点では剣を引き抜いたロレンさんに所有権と行使権がありました」

だがロレンに魔術道具の使い方を鑑定するような知識はなかった。

〈死の王〉の力を持つシェーナとて、知らない魔術道具をその場で使いこなせるような知識の持ち合わせはない。

そこでロレンは直接ラピスにファルシオンを渡すことで、それぞれの権利をその場で移譲したのであった。

「それで私がロレンさんと傲慢さんが会話している間に、ファルシオンを鑑定し、その使用方法を解明した、というわけです」

「ちょっと待ちぃな。せやかて逃げ出す前にあの剣、傲慢の奴に渡すって言うたんやなかったっけ?」

「私達が洞窟を出た時点でお渡ししますと宣言しましたから、地面に突《つ》き立てても権利は私に残ってました。あとは出口まで移動し、洞窟を出る前に剣に込められている力を解放した、というわけです」

結果として洞窟は氷に閉ざされることとなり、傲慢がどうなったのかは分からないものの簡単には出て来られない状況を作りだした、というわけであった。

「氷に巻き込まれていてくれるとありがたいんですけどね」

「いや偶然《ぐうぜん》やろうけど、出てくるのにかなり手間がかかるとは思うで」

グーラ曰《いわ》く、傲慢の権能は相手を見下している限りはその相手よりも上の力を発揮することができるというものであった。

しかしあの場所には現在、傲慢一人しか存在していないはずであり、そうなれば見下すことによって使用できる権能が使えなくなってしまう。

その結果、氷に巻き込まれていようがいまいが、その場から脱出《だっしゅつ》するためには元々傲慢の邪神自身が持っている力のみで事を為《な》さねばならず、そうなってくるとグーラやルクセリアが二人揃《そろ》って警戒するほどの力ではなくなってくるらしかった。

「いつまでも封《ふう》じておけるわけではないとしても、結構な時間稼《かせ》ぎにはなりそうですね」

「意外と、そのまま出てこれんかもしれんの」

当面の危機としては考えなくとも良さそうだと思うラピスの呟きに、ユーリがぼそりと呟きを被《かぶ》せてくる。

「そりゃどういうこった？」

「今少しばかり思い出したんだがの。あそこは少々特別な場所で、そう簡単に出入りできるような場所ではないんだの。さらにそこをあの剣の力で氷に閉ざしたのだとすれば、結構強力な封印になりそうだからの」

そう語るユーリに、ラピスはさらに詳しく問《と》い詰めようとしたのだが、口を開く前にロレンがそれをそっと手で制した。

少しばかり思い出した、と先に口にしたのであれば、それ以外のことは現状では忘れたままになっているということであり、問い詰めても無駄だからと考えてのロレンの行動であったのだが、食い下がられるかと思いきやラピスは素直《すなお》にロレンの制止に従う。

「しかし、そちらはそれでいいとしても現状の好転とはならんの。目下目前の危機は炎《ほのお》を操《あやつ》る憤怒とかいう存在なわけだからの」

傲慢の邪神については確かに脅威《きょうい》ではあったのだろうが、ユーリからしてみればまだ考《こう》慮《りょ》の外にある存在であった。

それがしばらく無力化されたことは悪いことではないとしても、憤怒の脅威から考えるとそれに対抗する術を失ってまで行いたいようなことでもなかったのである。

「他になんか手はねぇのか？　団長だったら何かあんだろ？」

「全くないというわけでもないが、すぐに実行できるかと問われるとなかなかの。時間がかかればかかるほどこちらの被害《ひがい》は増え続けるだけであるし、いつまでも時間稼ぎができるわけでもないからの」

既《すで》に帝国軍と王国軍の両軍はその顔を突き合《あ》わせるところまで事態は進展してしまっている。

それが全面的な対決にまで発展していないのは、ひとえにユーリが行っている時間稼ぎの賜物《たまもの》であるのだが、いかにユーリが将軍として優《すぐ》れた才能を持っていたとしても、既に展開してしまっている軍の衝突《しょうとつ》をいつまでも先延ばしにすることはできないらしい。

「次善の策で実行まで時間の短いものを考えると、自軍の術者に水や氷系統の巻物を配布して、憤怒の出現と同時に一斉攻撃《いっせいこうげき》を仕掛《しか》けるくらいかの。これもタイミングを外せば効果は薄《うす》れるであろうし、何よりそれで何とかなる確証がないのがの」

憤怒の邪神は確かに強大な力を持った存在ではあるのだが、その実態は個人である。

その個人が帝国軍と王国軍の入り交じる戦場のどこに、どのタイミングで現れるかということを予測することは非常に難しい。

読み間違えれば帝国軍にとって致命的《ちめいてき》な損害を被《こうむ》ることになりかねず、読み切ったとしても場合によっては友軍ごと攻撃《こうげき》を仕掛けなければならない可能性もある。

「個人で一軍に匹敵《ひってき》するとか、頭痛の種でしかないの」

「そのことでちょっと提案があるんやけどね」

額に手を当てて嘆息《たんそく》を漏《も》らすユーリに、ひょいと手を挙げて口を開いたのはグーラであった。

「そこそこ短期間で用意できて、しかもそれを投入すればたぶん憤怒の力を抑えられて、さらに周囲の人死にもほとんどなく済むかもしれんネタが一個あるんやけど、聞く?」

「そんな夢のような手段があるとは思えんがの?」

「それなりに危険な手やけど、いちおうあることはある。聞きたいと言うんやったら条件次第では教えんでもない」

どうすると上目づかいに窺《うかが》うグーラをしばらくじっと眺めていたユーリは、やがて誰に言うわけでもないような雰囲気と口調でぼそりと答えた。

「金かの?」

「いやぁ金は食えへんしなぁ。あないな遠くて寒いとこに行かされて、腹は減るし身も心も凍《こご》えきってしもうてるんよなぁ」

「ふむぅ」

わざとらしい口調でそう語るグーラに、ユーリは額に当てていた手を離すと自分の顎を指でなぞりながら唸り声《ごえ》を上げる。

だが逡巡《しゅんじゅん》したのもほんのわずかな時間でしかなく、すぐに考えを固めたのかユーリは両手の平でテーブルの天板を軽く一度叩くとそこを支えにぐっとテーブルの上へと身を乗り出してきた。

「いいだろう。私の用意できる内で最上の宿と食事を約束しよう。ただし、情報は先に頂くがの」

「聞いたらやっぱなし、ってのはなしやで？　あと三人分な？」

話に乗ってきたユーリにグーラは人の悪い笑みを見せながら、右手の指を三本立てる。

グーラが提供する情報への報酬《ほうしゅう》に自分達《たち》を交ぜてくれなくとも、と思うロレンではあるのだがもらえる物ならばもらっておく方がいいだろうと沈黙《ちんもく》を保つ。

酷《ひど》く自然にルクセリアの分がないことはロレンもラピスも気がついてはいたのだが、それを指摘《してき》するつもりは二人ともさらさらなかった。

「いいだろう三人分だな？　精々期待しておけ。で、その手段というのは？」

「それがな、実は……」

グーラの提示した条件を呑《の》んだユーリは、すぐに情報を要求する。

それに応じたグーラは自分が持つ憤怒への対策を披露《ひろう》し始めたのであるが、その内容は傍《そば》で聞いているロレンからしてみれば本当にそれが可能なのかと疑ってしまうようなとんでもない話であった。

「正気なんですか？　勝機はあるんですか？」

ユーリと別れたロレン達は、ユーリが用意したという宿の一室に集まっていた。

グーラからの提案を聞いたユーリは、憤怒への対抗策《たいこうさく》自体をグーラが用意するという一言を聞くと、約束通りに自分が用意することのできる中で最高であると考えている宿をロレン達に融通《ゆうずう》してくれたのである。

それは本来、帝国の貴族が使うような宿であり、何故《なぜ》そんなものが戦場となっている国境近くにあるのかと不思議に思ったロレンなのだが、現在戦場となっている場所が過去にも何度か戦場として用いられたことがあり、結構な頻度《ひんど》で軍が派遣《はけん》されている場所なのだということをユーリから聞かされて納得した。

軍務というものは貴族の義務のようなものであるのだが、名のある貴族は軍においてもそれなりの地位に就《つ》いていることが多い。

つまりは高級士官用の宿なのである。

「うちの頭のことを言うてるんやったら、正気のつもりやけど」

部屋に入るなり詰め寄《よ》らんばかりの勢いで尋ねてきたラピスをそっとかわし、部屋の中にあるベッドの上に背中から飛び乗ると大の字に寝転《ねころ》がったグーラは、むっとした顔になるラピスに対してそう答えてやった。

「最悪説得できんでも、憤怒の目の前まで運んでやればそれなりになぁ」

「そういうものですか？　それにしたって憤怒さんに怠惰《たいだ》さんをぶつけるというのは乱暴が過ぎる気がしますが」

そう言いながらラピスはグーラとは別のベッドの縁《ふち》に腰《こし》かける。

その部屋の入り口でそんな二人のやり取りを見ていたロレンは、やおら口を開くと部屋の中を見て抱《いだ》いた疑問をぶつけてみた。

「ベッドが三つあるように見えるんだがな」

「そりゃそうやろ。ここ三人部屋っぽいもん」

「俺《おれ》にもここで寝ろと……？」

「別にいいじゃないですか、取って喰《く》われるわけじゃなし」

気にするところはそこじゃない、という気持ちを抱きながらもロレンはラピスの言葉に抗弁《こうべん》してみたところで無駄であろうと考えると、部屋の中へと入り壁際《かべぎわ》に背中の大剣《たいけん》を立てかけ、仲良く三つ並べられているベッドの一番端《はし》を自分の寝床《ねどこ》と定め、その枕元《まくらもと》に荷物の中から取り出した短剣をそっと置く。

「それ普通逆なんやないかな？」

ロレンの行動を見ていたグーラがそんな感想を述べたのだが、ロレンからしてみれば自分からラピスやグーラを襲《おそ》うようなことをするわけがなく、むしろその逆の可能性の方がやたらと高いはずであるので、備えは絶対に必要であろうとグーラの言葉を黙殺《もくさつ》した。

だいたいにおいて、高級士官用の部屋が三人部屋であるというのがロレンには理解できない。

わざわざ貴族が複数の人間を泊《と》めるような部屋を使うわけがない、と思ったのだがよくよく考えてみれば大体軍属になる貴族というものは男性であり、それならば夜に自分以外の何者かを自分の部屋に招き入れるということも珍《めずら》しくないのかもしれないと考え直す。

「三人用のだだっぴろいベッドが一つだけってことじゃないだけマシと考えるか」

「私はそれでも構わなかったんですが」

低く小さく呟いたロレンの一言を耳ざとく聞きつけたラピスがあっけらかんとした口調でそんなことを言ったのだが、もしそんな事態になっていれば部屋を用意したユーリに何らかの制裁を考えなければならなかっただろうとロレンは思う。

「お風呂《ふろ》は一つやから三人仲良ぉ入ろうな？」

驚いたことにユーリが用意した部屋には風呂の設備まで付いていたのだが、それなりの広さを有してはいるものの、設備としては一つしかない。

にまにまと笑いながらそう提案してくるグーラにロレンは口をへの字に曲げて、溜息《ためいき》交じりに答えた。

「なんでそうなりやがる。順番に一人ずつか、お前らが終わってから俺が入りゃいいだろうが」

「美女とお風呂に入れる機会を台無しにする気なんか？　やっぱりロレンってそっち系なん？　戦場じゃよくあることやって聞くし、おねーさん心配やよ？」

「ロクでもねぇ心配してんじゃねぇよ……」

ドスの利《き》いた声でグーラを睨《にら》みつけながら、ロレンはベッドに腰掛《こしか》ける。

すると肩《かた》にしがみついていたニグがするするとロレンの腕《うで》からベッドへと下り立ち、そのまま枕元まで移動するとそこに糸を張《は》り巡《めぐ》らせ始めた。

どうやら自分の寝床を作っているらしいということを察したロレンは、糸を吐《は》き出しながら器用に前脚《まえあし》で形を整えていくニグの背中をそっと撫《な》でてやりつつ、あまり派手なのは作るなよと釘《くぎ》を刺《さ》しておく。

「一回くらい欲望に負けてみたりせぇへんの？　あんまりストイック過ぎるのもどうかと思うんよ？」

「あんまりからかうんじゃねぇよ。そのうち本当に食い散らかしてやるぞ」

脅《おど》し文句《もんく》のつもりでロレンがそう口にすれば、別のベッドの縁に腰掛けていたラピスがそのまま背中からベッドの上へと倒れ込むと、無言でロレンを手招きし始める。

いつでも来いといわんばかりのラピスの行動に、ロレンは溜息を吐き出しつつ掌《てのひら》で顔を覆うと、犬でも追《お》い払うような手つきでラピスに向けて手を振った。

「んなことより、憤怒に怠惰をぶつけて勝算はあんのか?」

怠惰の邪神をロレンは一度しか見たことがなかったが、名前の通りに何もかもをひたすら面倒《めんどう》なものだと感じているような印象しか受けていなかった。

とても戦闘《せんとう》に向いている邪神とは思えず、自分達が逃げるしかなかった憤怒に対抗する手段として有効であるとは思えなかったのである。

しかしグーラは寝転がった姿勢のままで、妙《みょう》に自信ありげな口調で答えた。

「うちらの中では憤怒にぶつけるなら怠惰が一番効果的やよ」

「そいつはいったいどういう理屈《りくつ》なんだ?」

「お風呂の中でやったら説明したげてもえぇんやけどなぁ」

にたり、という音が聞こえてきそうな笑みを見せるグーラにロレンは即座《そくざ》に拒絶《きょぜつ》の言葉を口にしかけて、じっと自分を見ているラピスの視線に気が付く。

「普通、そういう条件をつけんのは男の方からじゃねぇのか？」

「ロレンがそないな交換《こうかん》条件を出してくるとは思えへんからなぁ」

「お前ら、俺を誘惑《ゆうわく》してなんか得すんのかよ」

慎《つつし》みを持て、という言葉を口にできるような生き方をロレンはしてこなかった。

戦場では無用の長物であったし、あまり口にしたいとは思っていないが少年兵と呼ばれるような年頃《としごろ》には別の傭兵《ようへい》団等にいた女傭兵と一緒《いっしょ》に水浴びなどをしたことがないわけでもない。

何故かその時は、一緒に水浴びをした女傭兵達《たち》からは非常に喜ばれたりしたのだが。

「私は徹頭徹尾《てっとうてつび》、好意からですが」

「うちはちょっと興味からかなぁ」

「明《あ》け透《す》け過ぎんだろ。ちっとは勿体《もったい》ぶれ、恥《は》じらえ」

好意を向けられて、しかもその相手がどちらも美女と呼ぶに値《あたい》する人物なのであればロレンとて嬉《うれ》しくないわけではないのだが、あまり露骨《ろこつ》過ぎれば気持ちも萎《な》えるというものである。

そういった意味を込めてのロレンの反応だったのだが、ラピスとグーラは互《たが》いに寝転がったまま顔を見合わせた後、その姿勢のままベッドの上でもぞもぞと動き始めた。

それは何らかの意味をもった行動らしかったのだが、ロレンには芋虫《いもむし》が進行方向を決めかねているような動きにしか見えない。

「いちおう聞いておいてやるが……何してやがる？」

「精一杯《せいいっぱい》、恥じらってみました」

真顔でラピスにそう答えられて、ロレンは返す言葉を失って天井《てんじょう》を仰《あお》ぐ。

「大体、駆け引《ひ》きや騙《だま》しならともかく、素直に気持ちを伝えるのに勿体ぶってどうするって言うんですか？」

「せやでロレン。邪神《じゃしん》的にもそう思う」

「永遠の命でも持っているなら、好きなだけじれじれして擦《す》れ違《ちが》えばいいと思いますけども。時間は有限なんですよ？」

「でもそないなんが醍醐味《だいごみ》って言う奴もおるからなぁ」

「同意しかねますが、ロレンさんがそういうのが好きとおっしゃるのでしたらその、俯《うつむ》き加減で頬《ほお》なんか染めて、指なんか噛《か》みながらこう下の方を少しずつたくし上げるくらいのことでしたら……」

「なんか違わん？　というかそういうときスカートってええなぁ。うちの服装では真似《まね》できんもん」

「上でやってみては？」

「上？　上!?　これたくし上げたらいきなり本陣《ほんじん》やんか！」

きゃいきゃいと言い合いを始めた二人を眺めつつ、どうしたものかとロレンが途方《とほう》に暮れつつある中で、その視界の中に姿を現したシェーナが背中の羽をぱたぱたと動かしつつ興味深そうにラピス達の様子を見つめている。

何か興味を引くようなものがあるのだろうかと思うロレンの脳裏《のうり》に、シェーナがぼそりと呟いた。

〈いいですね。これがが一るずとーくとかいうやつなんですよね。ちょっと憧《あこが》れます〉

違うのではないか、と思ってしまったロレンなのだがそんな思念をシェーナに伝えるようなことはしなかった。

絶対に違うと言えるほど、そのが一るずとーくなる事象に詳しいわけでもなかったし、シェーナの持っている幻想《げんそう》のようなものをわざわざ否定してやらなくてもいいだろうと考えたからである。

それよりも、シェーナは幼くして〈死の王〉にされてしまった少女であり、その前はとある都市国家の主席の娘《むすめ》で、とても同年代の子達と仲良くしゃべるような機会があったとは思えない。

なんとか早めに人の体に戻《もど》してやりたいものだとロレンが思えば、そんな思いがシェーナにも伝わったのか、ロレンの視界の中でシェーナがどこか心配そうな表情でロレンの顔を覗《のぞ》き込んでくる。

〈お兄さん?〉

なんでもないとそう伝えて、ロレンは相変わらず騒《さわ》がしく会話を続けているラピスとグーラの注意を引くように小さく咳払《せきばら》いをしてみせた。

その音で会話を止《や》め、揃ってロレンの方を向く二人に言う。

「とりあえず団長の心づくしってやつだ。伸《の》ばせるときに羽は伸ばしとけ」

「なぁロレン、今ふと思ったんやけど怠惰の奴の説得にはついてきてくれるんかなぁ?言いだしっぺはうちやけども、一人でってのもあんまり気が進まんでなぁ」

ロレンの顔色を窺うようなグーラの言葉に、一瞬《いっしゅん》なんと答えたものやらと考えてしまったロレンなのだが、すぐに答えを返す。

「あんまり妙なとこに巣を作ってるってんなら勘弁《かんべん》願いてぇが、団長に報告する義務もあるだろうからお前一人に任せっきりってわけにゃいかねぇだろうな」

「そうですね。成功するにせよ失敗するにせよ、団長さんと意思疎通《そつう》しておかなければならないでしょうから、一緒に行くしかなさそうですね」

気は進まないという思いをたっぷりと乗せつつもラピスがロレンの言葉に賛意を示すと、グーラはほっとしたような表情でベッドの上で大きく伸びをする。

「せやったら、やっぱご飯とお風呂を堪能《たんのう》して英気を養ってからうちらの住処《すみか》にご案内ってことやな」

「一つ言い忘れたが、今晩大人しくしてりゃ、という条件付きだ。妙な真似しやがったら一人でなんとかしてもらうからそう思ってろ」

刺せる釘は刺しておかなければとばかりにロレンがそう告げると、グーラの顔が曇《くも》る。

酷く残念そうな雰囲気《ふんいき》を醸《かも》し出しつつも、一人で怠惰の説得に行くことを考えればロレンの言葉を呑む以外にない、という結論に達したのかしばらくしてからこっくりとグーラが頷《うなず》くと、それを見たラピスの目がきらりと光った。

「ということは今回は私にのみチャンスが」

「お前も大人しくしとかねぇと、逆に一人だけ置いていくからな」

「そんな殺生《せっしょう》な。暴食と二人旅なんて許可できません！」

ベッドの上で体を起こして抗議《こうぎ》の声を上げたラピスであるのだが、ロレンとしては刺した釘を撤回《てっかい》するつもりは毛頭なく、しばらく抗議を続けていたラピスもそれを理解したのか渋々《しぶしぶ》首を縦に振る。

個別に部屋を用意しておいてくれれば、こんな心労を覚えなくともよかったのにと団長の心づくしを恨《うら》めしく思いつつも、これでどうやらある程度は心安らかに休めそうだとロレンはそっと胸を撫で下《お》ろすのであった。

「ねぇ酷いと思わない？　酷いわよね？　だって酷いもん！」

「うるせぇな……団長が気ぃ利かせてお前をハブったんだろうよ」

体をくねくねさせながら文句を言う巨体《きよたい》は、言わずと知れたルクセリアであり、それに対して迷惑《めいわく》そうにロレンがそんなことを言うと、ルクセリアはさらに体をくねらせる速度を上げながらロレンへ詰め寄ろうとして、ロレンが拳《こぶし》を握《にぎ》りしめたのを見て慌《あわ》てて離《はな》れていく。

ロレン達がユーリが用意した宿で立派な部屋とかなり豪華《ごうか》な食事を堪能した翌日、その宿へとルクセリアが押《お》しかけてきたのだった。

ルクセリアのような存在を人の目がある場所に長時間さらしておくということは、周囲にも自分達にもよくないことだと考えたロレンは、自分達が泊《と》まっていた部屋へルクセリアを招き入れたのであるが、入れずに追い返した方がよかっただろうかと早くも後悔《こうかい》しつつあった。

「どうしてアタシだけ除《の》け者《もの》なのよっ！」

「手前ぇと同室なんざ、死んでも断る！」

きっぱりとロレンが告げてやると、ルクセリアはどこからともなく取り出したハンカチを噛みしめて、涙《なみだ》に潤《うる》んだ瞳《ひとみ》をロレンへと向けてきたのであるが、女性が行えばそれなりに憐憫《れんびん》の情を誘《さそ》うかもしれないその仕草も、ルクセリアのような大男が行うと不快さばかりが先に立ち、思わずロレンの手が壁に立てかけてある大剣《たいけん》へと伸びかける。

「まぁまぁもう過ぎたことやし、男らしく諦《あきら》めぇな」

つやつやとした顔でそんなことを言ったのはグーラである。

結局ラピスと二人してロレンを籠絡《ろうらく》しようとする試みは、実行に移されることはなかったのだが、それでも上等なベッドや美味《おい》しい料理を堪能し、グーラの機嫌《きげん》はすこぶるよくなっている。

もっとも、宿の方は人の何倍も食べるグーラの食欲に青褪《あおざ》めてしまうような事態となっており、ユーリのところに届くであろう請求書《せいきゅうしょ》に記載《きさい》されている金額はどの程度になっているやら分かったものではない。

支払《しはら》うのは自分ではないから、別にいいだろうとロレンはそのことについてはそれ以上考えないようにしている。

「心は乙女《おとめ》なのよっ！」

「んな気色の悪い乙女が存在してたまるかっての！」

ロレンに詰め寄ると殴《なぐ》り倒されそうだと悟《さと》ったルクセリアは、今度はグーラに迫《せま》りかけたのであるが、グーラは警告もなにもなしに近づいてきたルクセリアを壁に激突《げきとつ》するほどの勢いで蹴《け》り飛《と》ばし、その振動《しんどう》で揺《ゆ》れた室内でラピスが迷惑そうに顔を歪《ゆが》める。

「色欲の邪神と同室で一泊《ぱく》なんてありえませんから、諦めてください」

「ラピスちゃんも酷いっ！　アタシ、グレてやるっ！」

結構な勢いで蹴られたというのにダメージの方は大したことがなかったのか、すぐさま体を起こして抗議するルクセリア。

ただグーラにいきなり蹴られたことを警戒《けいかい》してなのか、今度は詰め寄ってくるような様子もなく、壁際で同情を誘うかのように泣き顔を見せている。

これが古代王国を滅《ほろ》ぼす一因となった存在なのだろうかという疑問を抱きつつ、自分にあてがわれているベッドの縁へロレンが腰を下ろせば、その枕元に張り巡らせた糸の中で揺られていたニグが、するすると近寄ってきてロレンの背中をよじ登り、いつもの定位置である肩の辺りにぴたりと張り付いた。

「とにかく、うちらは報酬をもらっとるからこれからお仕事や。うちらの巣に行って怠惰の奴《やつ》と話をして来なきゃならん。オノレはどうするん？」

「アタシだけ置いていくなんて言わないでっ！　アタシも行くに決まっているじゃない！　アタシ達の住処にご招待ってことは、みんなでアタシの愛の褥《しとね》に……」

「行くかボケぇっ！　あないなおどろおどろしい場所にロレン達を連れていけるわけないやろ⁉　この子ら狂気《きょうき》の底に引きずりこみたいんか⁉」

ぱっと顔を輝《かがや》かせたルクセリアの言葉に、グーラが激しい口調で突っ込みを入れる。

邪神であるグーラが狂気を口にするほどであれば、よほど酷い場所に違いあるまいとロレンは間違《まちが》ってもそのルクセリアの褥とやらには足を踏《ふ》み入れないようにしようと心に固く誓《ちか》う。

「でも、どうやってあそこにロレンちゃんやラピスちゃんを招待するのよ？」

「それなんよなぁ」

ルクセリアの質問にグーラが思案顔で首を傾《かし》げる。

「うちらだけならいつも使うとるルートがあるからすぐなんやけど、ロレンやラピスちゃんがそこを通るのはちと難しいやろうしな」

「いちおうこれでも魔族《まぞく》なんですが、私でも難しいんですか？」

人族でしかないロレンはともかくとして、ラピスは魔族であり、その能力はグーラ達と比《ひ》較《かく》しても遜色《そんしょく》がないと言える。

そんな自分でも無理なのかというラピスの問いかけに、グーラは無言で何もない空中へと手を伸ばしてみせる。

するとグーラの手が指先から宙に溶《と》けるように消え去っていき、手首までが見えなくなったところでグーラは手を伸ばすのを止めた。

「どうやろ？　できそう？」

「できるわけねぇだろ」

「同じく……どうなってるんですかそれ」

魔術とは無《む》縁《えん》の傭兵にして、ただの人族に過ぎないロレンはともかくとして、魔術への造詣《ぞうけい》が深く、かなりの力を有しているラピスですら見ただけで真似することを諦めるとなっては、グーラがロレン達に見せている行為《こうい》は邪神くらいしかできないものだということになる。

「どないしたもんかな。えーっと……」

グーラが伸ばしていた手を引っ込めると、消えていた手首から先が姿を現す。

手を引き抜《ぬ》いた場所には、ロレンの目から見ても、シェーナと視覚を同調させ〈死の王〉

の視界から見ても、何の痕跡《こんせき》も見て取ることはできなかった。

「うちらの住処への門は、封印《ふういん》される前にあらかた壊《こわ》してもうたもんなぁ」

「アタシ達《たち》は自力でイケるから、必要なかったもんねぇ」

「どこか壊し忘れとる門、なかったっけ？」

「そうねぇ。ちょっと思い出してみるわね」

腕組《うでぐ》みをし、顎《あご》の先に人差し指をあてて考え込んだルクセリア。

邪神《じゃしん》同士で何のことを話し合っているのか分からないロレンとラピスは、大人しく結論が出るのを待つしかない。

しばらくしてルクセリアは、深々と息を吐き出した。

「駄目《だめ》だわ。後々面倒になると思って、思い当たる場所はあらかた壊しちゃったもの」

「せやなぁ」

「あの。邪神さん同士で理解し合ってもらっても私達には何のことやらさっぱり分からないので、説明を求めたいのですが」

ラピスにそう言われてグーラが説明を始める。

グーラの言う邪神達の住処というものは、古代王国によって造られたもので、詳しいことはグーラにも分からないのだが魔術により現世とは隔離《かくり》された空間にあるらしい。

そこへは邪神達自身は自らの力で移動することが可能なのだが、それ以外の存在はそこへと通じている門を潜《くぐ》ることでしか到達《とうたつ》できないのだとグーラは言う。

しかしながらそれらの門は古代王国との戦いの中で、王国側から入り込まれては困るとばかりに手当たり次第《しだい》に邪神達の手によって破壊《はかい》されてしまったのである。

「一個くらい壊し残しがあるかなぁとか思うとったんやけどなぁ」

「徹底的《てっていてき》に破壊しちゃったもんねぇ」

邪神とはいっても、自分達を創《つく》りだした古代王国の存在はそれなりに恐《おそ》ろしい代物《しろもの》であったようで、そこと繋《つな》がっている門に関してはルクセリアの言う通りに徹底的に捜《さが》し出し、完膚《かんぷ》なきまでに破壊してしまっていた。

「門がねぇとお前らの住処とやらに行けねぇなら、もうお前らだけで行って怠惰を説得して連れて来たらいいんじゃねぇか」

正直なところを言うならば、ロレンとしては邪神の住処なる場所にはそれほど行きたいとは思っていない、というよりもできれば行きたくなかった。

名前からしてろくでもない場所っぽい印象が拭《ぬぐ》えない上に、色欲や強欲《ごうよく》、怠惰といった邪神達がそこに住んでいるとなれば、興味が湧《わ》いてくる要素が全くないからだ。

それはラピスも同じであったようで、ロレンの言葉に何度も頷いたりしていたのだが、グーラはそんな二人の様子に不満そうな声を上げる。

「そないに警戒せんともえぇやないか。冷たいこと言うわぁ」

「正直なところは置いておくとしても、行く方法がねぇんじゃ仕方ねぇだろ」

希望の有無《うむ》は別としても、方法がないのであれば考えるだけ無駄《むだ》な話である。

そう応じたロレンに、何とかならないものかとまた考え込んだグーラであったのだが、その思考は部屋の扉《とびら》をノックする音に邪魔《じゃま》されてしまう。

「誰《だれ》が来たん？　誰か来る予定とかあったっけ？」

「ねぇが……ちっと待ってろ」

腰掛けていたベッドの縁から立ち上がるとロレンは部屋の入り口へと歩み寄り、ゆっくりと扉を開く。

その開いた隙間《すきま》から顔を覗かせたのは一人の若い兵士であった。

何事かと視線で問いかけるロレンへ、その兵士は折《お》り畳《たた》んで封をしてある紙片《しへん》を差し出すとその差出人の名をロレンへと告げる。

「ユーリ将軍からのお手紙になります。きっと手助けになるだろうと。確かにお渡《わた》しいたしましたので私はこれで」

告げるべきことだけを告げてしまうと兵士はロレンへ一礼し、そそくさとその場から退散していってしまう。

雰囲気だけで部屋の中の危険度を嗅《か》ぎ取《と》りでもしたのだろうかと、あまりにさっさと帰ってしまった兵士の態度から想像しつつ、受け取った紙片を持ちながら部屋の中へと戻ったロレンは、何があったのかと集まる視線の中、施《ほどこ》されている封を切って紙片を開く。

そこに記されていたのはロレン達が滞在《たいざい》している街の地図であった。

その地図の上には一箇所《かしょ》だけバツ印が記載されており、おそらくユーリの手によるものであろう短い指示が書き添《か そ》えられている。

「ここへ行け。助けになる、か……」

書かれていた文字を読んでから、ロレンはラピスへその紙片を渡す。

受け取った紙片に記されている情報を見てから、ラピスはロレンへ尋《たず》ねた。

「団長さんって本当に何者なんです？　もしかしてどこかで私達の行動を監視《かんし》しているんじゃないですか？」

「偶然と片付けるにゃ、ちっとばかりわざとらし過ぎるわなぁ」

ラピスの言う通りに、どこかで団長ないし団長の手の人間が自分達を監視しているのではないか、と思ってしまうロレンなのだが、自分の感覚で探《さぐ》ってみてもそれらしき存在を感じ取ることはできずにいる。

〈私も何も感じないですから、偶然なんじゃないでしょうか〉

シェーナにまでそう言われてしまえば、偶然なのかもしれないと思わないでもないロレンなのだが、それにしたところでタイミングが良すぎる。

「怪《あや》しさ満載《まんさい》じゃあるんだが……他に考えられる手がねぇんじゃ、団長の勧《すす》めに従ってみるしかねぇよなぁ」

どうなんだとロレンがグーラへ水を向ければ、グーラは首を横に振《ふ》る。

それはグーラやルクセリアには現状を打開する案がない、ということを表しており、ならばやはりこのタイミングで差し出されたユーリからの手がかりに縋《すが》るしかないだろうという結論になったのであった。

第五章　指示から報告する

宿を出て、地図に記してある場所へと赴《おもむ》いたロレン達の目の前に現れたのは、古く寂《さび》れた廃教会《はいきょうかい》であった。

長らく使われていないのが外からでもはっきりと分かるほどに、外壁《がいへき》は汚《よご》れ、窓はあちこちが破れ、入り口の扉は施錠《せじょう》すらされていないのか、きいきいと甲高《かんだか》い音を立ててぷらぷらと揺れているといったような、そんな建物である。

とてもではないが、何か現状の助けになるようなものが残されているとは思えない様子に、これは団長に担《かつ》がれたのではないか、と思ってしまうロレンなのであるが、結論はきちんとその教会を調べてから出すべきであろうと、ついて来たラピスや二人の邪神を促《うなが》して教会の中へと足を踏み入れた。

「ルクセリアさんは教会に入っても大丈夫《だいじょうぶ》なんですか？」

「ちょっとラピスちゃん、それどういう意味よ」

「邪悪《じゃあく》なる者には、神のお怒《いか》りが降り注ぐのですよ」

「なんでアタシだけでグーラには言わないのよっ！」

地団駄《じだんだ》を踏むルクセリアに、冷たい目線を送っているラピスなのであるが、その理屈からいくと邪悪な者として認識《にんしき》されている魔族も、同じく神の怒りとやらをその身に受けなければならなくなるのでは、と思うロレンであるがもちろん口に出すような愚《おろ》かな真似はしない。

「じゃれあいたきゃ後でやれ。とにかく何か探せ」

「じゃれあうつもりは欠片《かけら》もないんですが……何かって何を探せば？」

「何かは何かだ。団長が洒落《しゃれ》や冗談《じょうだん》でここを指定したんじゃねぇならな」

何か助けになるものがある、と言われただけでそれが何かという情報はユーリからの情報には含《ふく》まれていなかった。

それは伝え忘れたわけではなく、そこに行けば分かるものであるから書かなかったのだろうとユーリの性格をそれなりに知るロレンは考えている。

もっとも、実は何もありませんでした、というようないたずらめいたことを全くしない、というような性格でもないので、その場合は何らかの報復措置《そち》をとらなければならないだろうと考えながらロレンは教会の中を進む。

すぐ背後にはラピスがぴったりと寄り添い、グーラとルクセリアは少し離れたところを適当にぷらぷらと歩いている中、教会中央の通路を真《ま》っ直《す》ぐに進んだロレンは奥《おく》にある祭《さい》壇《だん》の前で足を止める。

朽《く》ちかけている教会の中には、崩《くず》れかけた長椅子《ながいす》の他には祭壇くらいしか物が残されていない。

もしかすれば、本来は色々と調度の類《たぐい》があったのかもしれないが、入り口の扉に施錠もされていない状況《じょうきょう》では、誰かが持って行ったのだとしても分かるわけがなかった。

「おやこれは……」

ロレンの背後でラピスが声を上げる。

何事かと振り返《かえ》ってみれば、ラピスは自分の胸に手を当てると目を伏《ふ》せ、わずかに頭を垂れているところであった。

「ラピス?」

「ここは元々、私が奉《ほう》じている知識の神の教会であったようですね」

言われてロレンは祭壇の方へと目を向けるのだが、そちらも長いこと放置されていたせいなのか汚れたり、崩れたりしていて、何の神を祀《まつ》っていたものなのか判別ができないような状態になっている。

それでも、まごうことなく本職であるラピスには分かるらしい。

しばらくその姿勢で、祈《いの》りを捧《ささ》げたラピスはロレンの脇《わき》を通って祭壇へと近づくと下手な触《さわ》り方をして、崩れかけの状態を完全に崩してしまわないように注意しながら調べ始めた。

ロレンとしては、祭壇というものを下手にいじるような真似はしたいとも思えず、本職が調べてくれるのであれば、任せるのが一番であろうと考えると、手近な長椅子《ながいす》の傍《かたわ》らにしゃがみこみ、注意深くそれを調べ始める。

「よくある話じゃ、椅子の一部が空洞《くうどう》になってて、そこに何かが入ってたりするもんなんだが……」

「ロレンさんはそういう本がお好きなので？」

「好きってわけじゃねぇが……暇《ひま》な夜なんかにゃ重宝するな」

「傍らに剣なんか立てかけて、焚《た》き火《び》の明かりで本を読むロレンさんですか。何かこう渋《しぶ》い感じがして似合いそうですよね」

「……俺にゃ分からねぇな」

ラピスが言うような状況を傍《はた》から見ることがロレン自身にはできないので、似合うとか渋いとかいう形容が妥当《だとう》かどうかの判断をすることは永遠にないだろうと思いながらも調べる手は止めずにいると、祭壇の周囲を調べていたラピスが床《ゆか》を叩《たた》いて硬《かた》い音を立て、ロレン達《たち》の注意を引いてから自分のところへ来るようにと手招きする。

「何か見つかったか？」

「たぶん、これじゃないでしょうか」

近寄って来たロレンにラピスが指差したのは、ちょうど祭壇の裏側に位置する部分にはめ込まれた色とりどりのパネルと一枚の金属製のプレートであった。

あまり隠《かく》しているようには見えないながらも、祭壇に必要な物とは思えないそれらに顔を近づけてみれば、プレートには一つの文章が書き込まれている。

「えーと……何語でしょうこれ？」

ラピスがそれを文章だと判断したのは、ある程度規則性のある記号のようなものが真っ直ぐに刻み込まれているからであったのだが、肝心《かんじん》の何が書き込まれているのかという点については全く分からなかった。

「見たことのない文字、だと思うのですが……」

「知識の神の神官でも分からねぇとなるとお手上げか？」

あっさりと諦めかけつつもどんな文字が書き込まれているのかと覗き込むロレン。

その左右からグーラとルクセリアも同じようにしてプレートの上に書かれている文章へと目を落とした。

「えーっとやな……これなんて読むんやったっけ？　朝……夕……ええっと？」

「色がどうこうって書いてあるのは分かるけれど、他はさっぱりねぇん」

途切《とぎ》れ途切れではあるのもの、グーラとルクセリアはプレートに書かれている文字が読めるらしかった。

どういうことかと視線で問うラピスへ、グーラが説明する。

「これはあれや。古代王国で使われとった暗号文やよ」

「なんでそんなものがここに？」

「そりゃ……うちにも分からんなぁ。とにかく、文字の組み合わせと順番で同じ記号でも意味が変わる、とかなんとか……」

「アタシ達は王国との戦いの中でいくらか情報として入手してたから、ちょっとは読めるんだけど、全部は読めないわねぇ」

「夜明け前の空の色より出《い》でて、色一回ずつ辿《たど》りて夕暮れの空へと至るべし、だろ？」

匙《さじ》を投げてしまった邪神達にどうしたものかと首を捻《ひね》りかけたラピスは、さらりとロレンがプレートの文面を読み上げるのを聞いて呆気《あっけ》にとられた顔になる。

それは邪神二人も同じであったようで、特に表情を変えていないロレンの顔をまじまじと見てしまうのだが、そんな三人の視線に対してロレンが返した言葉は三人にまたそれなのか、という思いを抱《いだ》かせた。

「団長が解読方法知ってたからな」

「ちょっとここを調べる前に、あの団長さん捕《つか》まえてきません？　絶対おかしいですよ？　今のグーラさん達の説明を聞いたら普《ふ》通《つう》解読方法なんて知ってるわけないと思うじゃないですか？」

「どっかで聞いたんじゃねぇか？　まぁとりあえずは夜明け前の空の色ってのは瑠《る》璃《り》色《いろ》のことだから、ここから始めんだろうな」

そうなの、とばかりにラピスと邪神達は顔を見合わせるのだが、ロレンは構わずに祭壇にはめ込まれているパネルの中、紫《むらさき》がかった青色のパネルの上へ指を置く。

「色一回ずつってのは一筆書きみてぇにしてなぞれってことで、夕暮れの空の色ってのは茜色《あかねいろ》ってやつだから、ここが終着点ってわけだ」

色とりどりのパネルの上を、重複しないようになぞっていくロレンの指先は、やがて沈《しず》んだ赤色を呈《てい》しているパネルの上でぴたりとその動きを止めた。

するとロレンの指の動きが止まると同時に、祭壇自体が横へとスライドしていき、スライドして露《あら》わになった床の部分に地下へと続く階段の入り口が姿を現す。

「こういう仕《し》掛《か》けってわけだな」

「すごいなとは思うんですが、何か納得《なっとく》いきません」

特に得意がるわけでもなく淡々《たんたん》と、目の前に現れた階段を指差すロレンに、非常に不満げな表情で答えるラピスであるのだが、ロレンからしてみれば向かう先がそれほど時間をかけずにはっきりしたというのに、不満に思われる理由が分からない。

「せやなぁ。やっぱ謎《なぞ》かけいうたら、魔術師《まじゅつし》とか神官が活躍《かつやく》する場やんか？　それをなんで戦士がささっと解いてしまうんやって話や」

「アタシ達でも読めない文字を、読んじゃう戦士ってどうなの？」

邪神の二人もラピスが感じている不満に、似たような感情を抱いているようなのだが、ロレンにはどうすることもできない。

かといって何かしら他に取れる行動も思いつかないロレンは、行くぞと一言だけ告げてさっさと階段へと足を踏み入れることにする。

「こういうとき、灯《あか》りのいらない私達って便利ですよね」

邪神の二人は暗いところでも普通に物が見えるらしい。

ラピスも自前の目で、魔術など使うこともなく暗闇《くらやみ》を見通すことができる。

唯一《ゆいいつ》ロレンだけは自前の目では闇の中で物を見ることができないはずではあったのだが、現在は精神体の内側に間借りしているシェーナが持つ〈死の王〉の力が少しずつロレン自身に交ざりつつあるようで、物を見るくらいならばシェーナの視界と同調するまでもない。

「そりゃ気をつけねぇとな」

「何をです？」

「他の冒険者《ぼうけんしゃ》なんかと行動するとき。洞窟《どうくつ》に入るってのに灯りも点《つ》けずに入ったんじゃ、怪しまれるだろ」

「なるほど。慣れてしまうと気付かないものですからね」

そう言いながらもラピスは灯りを用意することもなく、ロレンの後に続いて階段を下り始める。

さらにその後に邪神の二人が続くのを気配で感じながらもロレンが階段を下り続けていくと、階段自体はそれほど長くもなく、すぐに真っ直ぐな通路へと続いていた。

教会の地下に、何故《なぜ》こんなものがと思いながらもロレンは慎重《しんちょう》にその通路を進む。

ユーリが警告してこなかったことからして、命にかかわるような危険な罠《わな》の類が残されているという可能性は低いが、それでもないとは言い切れない以上は注意してしすぎることはないだろうとロレンは考えていた。だが、その背後に続くラピスやグーラ達は特に警戒する様子もなく、通路の壁《かべ》や天井へ視線を巡《めぐ》らせている。

「隠され方の割には地味やなぁ。壁なんかもただの石材っぽいし」

「特徴《とくちょう》もありませんから、建設された年代が分かりませんね」

「地下の割にじめじめもしてないみたいだし。風化の跡《あと》も見られないんだから、それなりに凄《すご》いことなんじゃないかしら？」

警戒感のないことおびただしいものだと呆《あき》れるロレンなのだが、何が出てきたとしても何かが起こったとしても大概《たいがい》のことならば対応できてしまうメンバーであるので、それも仕方ないことなのかと思いつつ、先へと進んだロレンの前に、やがて通路の行き止まりとそこに立《た》ち塞《ふさ》がる一枚の金属製らしき扉が姿を現した。

「鍵《かぎ》か？　またなんか謎かけか？」

「えっと……いえ、これは素直《すなお》に開くみたいですよ」

するりとロレンの脇を通り、扉に顔を近づけたラピスはロレンの問いに首を振ると軽く扉を押してみせる。

かなりの重量であろうはずの扉はラピスがたいして力を込めたようにも見えないというのに、音を立てることもなく内側に観音開きに開いた。

「罠の類もないみたいですね」

「そうか。じゃあ俺《おれ》が先行する」

ラピスに代わって前へ出たロレンが、背中の大剣の柄《つか》へ右手をかけ、左手で扉を押してやると、さらに大きく扉が開く。

その開いた隙間へそっと上半身だけを潜《もぐ》らせたロレンはすぐさま、扉の向こう側に視線を走らせ、罠や襲撃者《しゅうげきしゃ》の類が待ち構えていないかを確認《かくにん》。

何もいなそうなことを確認すると、そのまま扉の向こう側へ入り込む。

「ロレンさん、どうですか?」

「大丈夫だ。何もいねぇ。というかそんなスペースがねぇよ」

入って来いと扉越《とびらご》しに手招きするロレンにラピス達も扉を潜《くぐ》ったのだが、ロレンが言う通りに扉の向こう側の空間はそれほど広いものではなかった。

人が数人入ればかなり窮屈《きゅうくつ》な思いをしそうなくらいの空間の四方は壁に囲まれており、その壁の一つに門の形をした装飾《そうしょく》が施されている。

「これがそうか?」

装飾されている門の内側は、本来ならば壁になっているはずだったのであろうが、何やら非常に気味の悪い色の光に満たされており、ただ見ているだけで意識が揺らぐような感覚を抱いてラピスはすぐに目を逸《そ》らした。

それはロレンも同じだったようで、最初に壁を指し示した後はそちらの方を見ようとはしない。

しかし、邪神《じゃしん》達の方は全くそれが気にならないようで、二人してしげしげと門の装飾やら内側の光やらを眺《なが》めた後、しみじみとグーラが漏《も》らした。

「壊しそこねがこんなトコにあったんやなぁ」

「王国の首都からかなり離れてるから情報から漏れてたのかしらねぇ」

「ではこれが？」

「せや。これがうちらの住処にご案内の所謂《いわゆる》〈邪神の門〉やね」

ラピスに聞かれて、グーラはこっくりと頷くのであった。


「こいつの扱《あつか》いやったら、本職に任せてって感じやな」

ロレンが発見した、内部に怪しい光を湛《たた》えた門へグーラが特に警戒感も見せないままに小走りに近寄っていく。

止めるべきかと一瞬考えたロレンではあるのだが、ここまでグーラが自信ありげに振る舞《ま》うのであれば、間違いはないのだろうと考えて傍観《ぼうかん》することに決めた。

そんなロレン達が見守る中、門へと駆《か》け寄《よ》ったグーラは無造作に門へと手を伸ばすと周囲の壁や門自体の表面に指を走らせ始める。

「えーっと、ここをちょいちょいと、こうして、これでえぇやろ」

何かしら作業を続けていたグーラは、しばらくすると会心の笑《え》みを顔に浮《う》かべながらロレン達の方を振り返った。

おそらくは邪神の住処へと続く門の設定か何かが終了《しゅうりょう》したのだろうと察することはできるのだが、見た限りでは門にもその内側の怪しい光にも、目立った変化はない。

本当に大丈夫なのかと心配になってしまうロレンなのだが、潜《くぐ》れとばかりに手招きしているグーラを見れば、そんな心情を吐露《とろ》してしまうこともできず、ロレンは覚悟《かくご》を決めると門の内側の怪しい光へと手を突《つ》っ込んだ。

普通に考えれば壁になっているはずのそこはロレンの手を呑《の》み込むと、何の抵抗《ていこう》も示さないままにするりと突き抜けてしまう。

行き止まりになっているわけではないようだと理解したロレンはそのまま前へと進み、門を潜り抜けて向こう側へと入り込んだ。

「何だこりゃ?」

光を突き抜けた向こう側は、かなり広い空間になっていた。

しかしロレンが思わずそんな言葉を口にしてしまったのは、その空間の様相があまりにも予想していたものとはかけ離れていたせいである。

そこはなんというかあまり目に優《やさ》しくない空間であった。

見渡《みわた》す限りの壁は薄《うす》いピンクや紫といった色で塗《ぬ》り尽《つ》くされており、床には無数の同じような色のクッションが敷《し》き詰《つ》められている。

その隙間にはいくつもの白いテーブルが置かれていて、テーブルの上にはロレンのこれまでの人生において目にしたことがないような色とりどりのケーキやクッキー、あるいは名前も分からないようなおそらく菓子《かし》なのであろうと思われる物が所せましと並べられていた。

さらにクッションの上にはデフォルメされた可愛《かわい》らしい動物のぬいぐるみが数えるのも嫌《いや》になりそうなほど多く置かれていて、全体としてどこかふんわりとした雰囲気を漂《ただよ》わせていたのだ。

邪神の住処という言葉から想像する光景とはまるで似つかわしくなく、さらに怠惰《たいだ》の邪神が住んでいると考えるにはあまりにも雰囲気が少女趣味《しゅみ》に過ぎていた。

入って早々に足を止め、思わず周囲を見回してしまったロレンの背後から、続いて入ってきたらしいグーラの声が聞こえる。

「どや？　邪神の住処ってのに足を踏み入れた感想は……って、えぇえええ!?」

「おいグーラ、こんなとこに本当にあの怠惰がいるって……」

「ちゃうねん！　見んといてぇっ!!」

本当にここが目的地なのかとグーラに確認しようと振り返りかけたロレンは、突然《とつぜん》ものすごい力で背後へと引っ張られたかと思うと奇妙《きみよう》な浮遊《ふゆう》感と共に自分が放《ほう》り投《な》げられたらしいということを悟った。

大剣の重量込みで考えれば相当な重量になっているはずの自分を、ここまで軽々と投げ飛ばしてしまえるのかなどと、場違《ばちが》いなまでに暢気《のんき》な思いにとらわれていたロレンは、短い時間の後に背中へのわずかな衝撃《しようげき》と、腹に回された細い腕《うで》の感触《かんしよく》でどうやらラピスが自分を受け止めてくれたらしいことを知る。

「お帰りなさいロレンさん。お早いお帰りで」

「何が起きたってんだ？」

背後からラピスに抱き留められている形のままぐるりと周囲を見回せば、慌てた様子で門の向こう側から戻《もど》ってきた赤い顔のグーラと、かなりの勢いで壁に激突したせいなのか大の字になって壁に貼《は》り付《つ》いているルクセリアの姿があった。

〈ルクセリアさんの腰《こし》の辺りに、足の跡がくっきりと見えます〉

シェーナの言葉でロレンはなんとなく何が起きたのかを理解する。

おそらく、門の向こう側から飛ばされてきたロレンを受け止めようとしたのはルクセリアの方が先だったのであろう。

両腕《りょううで》を広げてロレンを抱き留めようとするルクセリアをどかすために、ラピスがかなり洒落にならない勢いで蹴りを入れ、ルクセリアと入れ替《か》わる形でロレンのことを抱き留めた、というのがロレンが投げ飛ばされている間に起きた出来事らしい。

「危ないところでしたロレンさん。私が受け止めなかったらロレンさん、壁か床にべったり赤い染《し》みを作るようなことになっていたかもしれないですよ」

「んなわけが……あるかもしれねぇな」

状況からして自分を投げ飛ばしたのはグーラであろうとロレンは考える。

何故かということは別にして、グーラはおそらく加減など考えずにロレンを門の外へと投げ飛ばしたはずで、邪神の力で投げられたロレンの体は誰も受け止めてくれなければ壁に叩き付けられるか、床の上をかなりの勢いで転げまわることになっていたはずだ。

「助かった。礼を言うぜラピス」

「お礼でしたらもうしばらくこのままで」

背後からロレンを抱きしめる形のまま、背中に頬《ほお》ずりなどしはじめたラピス。

大剣が邪魔だろうとは思うものの、本人が満足しているならばいいかと、とりあえずは放置しておいて、ロレンは赤い顔のままのグーラへと目を向ける。

「なんだったんだ今のは？」

「ちゃ、ちゃうねん！　ちょっとした手違《てちが》い……そう、手違いやったんよ！」

慌《あわ》ててまくし立ててくるグーラに、特に反論も口にせず、何かしら珍《めずら》しい物でも見るような視線を向けていたロレンへ、壁から体を引《ひ》き剥《は》がしたルクセリアがぼそっと小声で呟《つぶや》いてきた。

「あんまり手慣れた感じで操作してたから、たぶんいつものノリで自分の住処《すみか》に繋げちゃったんじゃないかしら？」

「そりゃ別に構わねぇが、なんで俺は投げられた？」

「あの子、あんなナリして住処はばりっばりの少女趣味全開でしょ？　外見と中身のギャップが激しすぎて恥《は》ずかしさのあまりってとこじゃ……」

ルクセリアの言葉は途中《とちゅう》で途切れた。

呆然《ぼうぜん》とロレンが見守る中、とてつもない速度で走り込んだきたグーラが、こちらもやはり加減など忘れた様子で右の拳《こぶし》を、どこか得意げな顔で語るルクセリアの顔面に叩き込んだせいである。

悲鳴すら上げずに吹《ふ》き飛ばされ、壁に叩き付けられたルクセリアの巨体《きょたい》を視線だけで追っていたロレンは、目の前で荒《あら》い息をつきながら拳を振《ふ》り抜いた姿勢のままのグーラへとゆっくり視線を巡らせた。

「この件について……これ以上言及《げんきゅう》するようやったらうちにも覚悟ってもんがあるぞ」

「おう、理解した。理解したからこれ以上被害《ひがい》が出る前に、さっさと怠惰のとこに繋いでくれや」

据《す》わった目つきで拳を握《にぎ》り、肩《かた》を震《ふる》わせながらゆっくりと自分の方へと向き直るグーラへロレンは降参だとばかりに両手を上げながら、なるべく平静な声に聞こえるように努めつつそう告げると、背後からロレンを抱きしめていたラピスもロレンの腹から手を離《はな》し、その背中に隠れたままぱたぱたと手を振る。

グーラはそんな二人をしばらく、据わったままの目つきで見つめていたのだが、本当に二人がこの件に関してはそれ以上何か聞いたりしゃべったりしないようであることを見て取ると、息を整えながら再び門へと近づいて行った。

そして門の操作を開始するのを見守りながら、ロレンは自分の背後からひょっこりと姿を現したラピスに話しかける。

「このネタは危険ってことだな」

「ですね。覚えておきましょう」

「あれ、どうするよ?」

ロレンが顎で指し示した方向には、壁に叩き付けられたままそこに貼り付いているルクセリアの姿があったのだが、ラピスはちらりとそちらを見てすぐに視線を逸らし、首を静かに振った。

「放置が適当かと」

「そのうちまた復活してきやがるか」

助けるという選択肢《せんたくし》は初めから存在しなかったかのように、放っておくということで合意したロレンとラピスは、大人しくグーラの作業を見守ることにする。

グーラは一度失敗しているせいなのか、先程《さきほど》のように手慣れた雰囲気《ふんいき》で操作を行うことなく、何度も手順を頭の中の記憶《きおく》と照合しながら確認し、一度目の操作よりもずっと時間をかけて二度目の操作を終えると、一度ロレン達を目線でそこから動くなとばかりに制した後、まず自分が門の内側へと頭を突っ込み、門が接続された先の様子を窺《うかが》う。

「よし、ええやろ。通っても構わんで」

グーラが許可を出したのを確認してから、ロレンとラピスはおそるおそるといった感じでグーラが脇にどいた門の間を潜ってみる。

その先にまた、とんでもないものがないことを祈りつつ門を抜けた二人の目に飛び込んできたのは、何の装飾も施されていない石畳《いしだたみ》と石壁で囲まれた空間と、そのど真ん中に大の字に寝転《ねころ》がっている一人の男の姿であった。

「殺風景だな」

さっきの部屋とは違《ちが》って、という言葉を呑み込みつつロレンがそんな感想を漏らすとグーラが一瞬《いっしゅん》怖《こわ》い目でロレンを睨《にら》んだ後、その空間の真ん中に寝転がっている男の傍《そば》まで歩み寄っていく。

「おい怠惰。起きんかこら」

グーラが声をかけながら爪先《つまさき》で寝転がっている男の脇腹《わきばら》の辺りを軽く蹴飛《けと》ばし始めたのだが、蹴《け》られている男の方は全く堪《こた》えた様子もなく、ぴくりとも動かない。

それでもしばらく蹴飛ばし続けていたグーラは反応がないことに業《ごう》を煮《に》やしたのか、いきなり大きく足を振り上《あ》げると、力任せにその爪先を男の脇腹へと食い込ませた。

「痛ったぁあああ!!」

普通ならば蹴られた方が痛みにのた打ち回るような一撃《いちげき》のはずであった。

しかし、痛みに悲鳴を上げ爪先を押《お》さえて片足で跳《は》ね回ったのは蹴った側のグーラだったのである。

何が起きているのか分からずに見守るだけのロレン達の前で、何度か跳ね回っていたグーラは、やがて涙目《なみだめ》になりながらも今度は寝ている男を上から踏《ふ》みつけるという行動に出たのだが、かなり景気のいい打撃音《だげきおん》が響《ひび》き渡りはするものの、蹴られている男が何らかの反応を示すようなことは一切《いっさい》なく、やがて蹴り疲《つか》れたグーラが諦《あきら》めてその場に座《すわ》り込んでしまう。

「くそったれ……こうなったらいっそのこと魔術で焼いたろか」

「ここ閉鎖《へいさ》されてるのでは？　炎《ほのお》の魔術なんか使って仲良く窒息《ちっそく》するなんて私、嫌ですからね？」

グーラが立ち上がりながら指先に赤い炎を灯《とも》らせるのを見て、ラピスが機先を制するかのように突っ込みを入れれば、口惜《くちお》しげに歯軋《はぎし》りなどし始める。

その様子からして他に怠惰の邪神を目覚めさせるのに有効な手段を持っていないらしいということを察したロレンは、少し考えてからぼそりと呟いた。

「ルクセリアの奴《やつ》をけしかけてみるか？」

「おいおい、そいつは殺生《せっしょう》ってやつじゃぁないのかねぇ？」

耳ざとくロレンの呟きを聞きつけたのか、これまで全く反応することのなかった怠惰の邪神がわずかにではあるのだが顔を傾《かたむ》けてロレンの方を向いた。

もし自分が怠惰の立場であったのならば、一目散に逃《に》げ出《だ》すであろう話を聞いても、反応がそれだけのことに留《とど》まったのを見てロレンは思わず感心してしまう。

「身の危険より寝転がるのが大事かよ」

「最悪、本気で権能使えばなぁんとかなりそうだからなぁ。で、いったい俺に何の用よ？」

「俺のことを覚えてるか？」

「久しいねぇ。また会いそうな気がするって俺が言ったの。覚えてるかなぁ」

この様子だと、きれいさっぱりと忘れられていてもおかしくはないと思いながらもそんな風に話を振ってみたロレンへ、怠惰の邪神は急にその場に体を起こすと、胡坐《あぐら》をかきながら向かい合ってみせたのであった。

「おのれ、起きとるんやったらなんぞ反応せんかい」

「嫌だなぁ。グーラ、絶対に面倒《めんどう》なこと言いだすんだろうからねぇ」

自分が何をしても起きなかったというのに、ロレンの行動に対しては反応を示した怠惰の邪神に対してグーラが食《く》って掛《か》かるのだが、怠惰は取り合う気など全くないようにグーラの方を見ようともせずに欠伸《あくび》をし、頭をぽりぽりとかく。

そんな怠惰の邪神に対してグーラは容赦《ようしゃ》のない前蹴りを何度も見舞《みま》うのであるが、怠惰の邪神の体はまるでその場に根が生えでもしているかのように、移動することもなければ蹴りの衝撃に揺《ゆ》れることもない。

「話、進めても構わねぇか？」

グーラの行動は全くの無意味であるらしいことを見て取ったロレンは、このままでは話が前に進まないだろうと口を挟《はさ》む。

さらに先を続けようとロレンが口を開けば、怠惰の邪神はそれを掌《てのひら》を差し出して制した。

「あんたのことは覚えてるけどなぁ。名前を聞いた覚えがないいんだねぇ。俺と話をするんなら、まずはそこからじゃあないかねぇ？」

「ロレンだ。冒険者なんぞやってる」

「ラピスです。ロレンさんのお嫁《よめ》さん志望兼《けん》知識の神の神官と冒険者、一般的《いっぱんてき》に不快な魔《ま》族《ぞく》とロレンさんの美貌《びぼう》の相棒、そしていろんなことの黒幕まで担当しております」

「お前、今ノリで色々盛ったろ？」

「おおよそ嘘《うそ》は吐《つ》いていないはずなのですが」

自己紹介《しょうかい》を聞いたロレンに半眼で睨まれて、ラピスは真正面からその視線を受け止めると花が咲《さ》いたような笑顔《えがお》を見せた。

外部からの刺激《しげき》に対して非常な耐性《たいせい》を見せた怠惰の耐久力《たいきゅうりょく》も凄《すさ》まじいものがあるが、こちらの精神的な耐久力も相当なものだとロレンが自分の額に手を当ててると、それを見ていた怠惰の邪神がからからと屈託《くったく》のない笑い声を立てる。

「いやぁ面白《おもしろ》いねぇ。それに見合った自己紹介はできないけれど。前にも名乗ったと思うが俺が怠惰の邪神ことダウナだぁね。まぁ改めてよろしく？」

どこかおっとりと、そしてだいぶ間延びした口調でそう名乗ったダウナはひらひらとロレン達に向けて手を振ってみせた。

その背後では相変わらずグーラが、ダウナの背中に何度となく蹴りを入れているのだが、ダウナに堪えたような様子は一向に見られない。

「それでこの俺にどんな用事なのかねぇ？」

「グーラがな。あんたが憤怒《ふんぬ》の邪神への対抗策《たいこうさく》になるんじゃねぇかというもんで、協力を頼《たの》みに来た」

怠惰との交渉《こうしょう》についてはグーラに丸投げするつもりでいたロレンなのだが、そのグーラがダウナの背中を蹴ることに専念しており、とても交渉を行えるような状況ではないと判断すると仕方なく自分で交渉することにした。

とはいっても、何を条件にすれば邪神とまで呼ばれていた存在が力を貸してくれるのかということについては全く考えがなく、とりあえずは素直にここへと来た目的を話してみるしかないだろうと考えての切り出し方だったのだが、それを聞いたダウナは嫌なのだろうなということが如実《にょじつ》に分かるほどにはっきりと顔を顰《しか》めてみせる。

「面倒だねぇ。確かに憤怒の権能をどうにかするには、俺が適任じゃああるんだろうけど」

「つうかこいつの権能は他の邪神だけでなく、この世の大方全《すべ》てと相性《あいしょう》が悪いねん」

「ロレンさんとの相性も悪そうな気がしますが」

いくら蹴っても何の意味もなさそうだ、ということに気が付いたのか、それとも諦めたのか、ロレンには判断がつかなかったがグーラがダウナの背中を蹴るのを止《や》めつつそんなことを言うと、ぽつりとラピスがそれに付け加えてきた。

以前の出来事にいくらか確執《かくしつ》がありはするものの、相性がどうこういうほどダウナのことを知っているわけではないというのに、ラピスがそんなことを言いだした理由が分からずにロレンが首を傾《かし》げると、ラピスは自分が口にした言葉の理由を呟く。

「名前の語感がマグナさんに似てますから」

なるほどと納得しかけてしまったロレンなのだが、名前の語感が似ているというだけでこれまで何かと揉《も》め事《ごと》を起こし続けてきた、黒い鎧《よろい》の人物と目の前の邪神を同一視してしまうのは乱暴が過ぎるだろうと慌てて頭《かぶり》を振《ふ》ってその考えを追い出す。

一方の、おそらく面識などあるわけもない人物と同じ分類にされかけてしまったダウナはきょとんとした顔でラピスとロレンの顔を交互《こうご》に見ていたのだが、やがて天井《てんじょう》を見上げるとぼそっと小さく呟いた。

「どこかで聞いたような名前だぁねぇ」

「んなことはとりあえずどうでもいい。今は目の前の問題をどうにかすんのが先決だ。グーラ、こいつ……いや、この人？　えぇっとダウナの権能が他の邪神《じゃしん》との相性が悪いってのはどういう意味だ？」

「こいつの権能は〈不動《ムーブレス》〉って言うんやけど、見ての通り、うちらが蹴ろうが殴《なぐ》ろうが、あるいは焼こうが凍《こお》らせようが、こいつには全く通じんねん」

本当に大丈夫《だいじょうぶ》なのかとロレンが心配になるような音を立てて、グーラがダウナの頭に拳を落とすのだが、殴った方のグーラが拳に痛みを覚えて殴りつけた拳を反対側の手で押さえてしまい、殴られたダウナはへらへらと笑うばかりでまるでダメージを受けたようには見えない。

「物理的にも魔術的《まじゅってき》にも攻撃《こうげき》が通用せんから直接攻撃する権能は全く通じんし、精神も不動やから色欲の権能も通じん。取り返しに行くのが面倒になるからって理由で強欲《ごうよく》の権能も駄目《だめ》。嫉妬《しっと》しようにも怠惰のどこを嫉妬したらえぇか分からんやろうし、傲慢《ごうまん》が見下しても、そもそも怠惰をどうやって見下すんやってことでこの二つの権能も効かん」

「対邪神戦に関しては無敵に聞こえますね」

ルクセリアをけしかけられることを多少嫌がったダウナではあるのだが、それはおそらくダウナの好《す》き嫌《きら》いの問題であって、実質的に被害を及《およ》ぼされるようなことはないらしい。

それだけ聞けば、確かにラピスが思った通りに邪神との戦いにおいては無敵と評してもいいような能力ではあった。

「ただこいつ、怠惰やさかいに自分から攻撃するような能力、持っとらんけどな」

グーラ曰《いわ》く、ダウナは邪神として備わっている能力はともかくとして剣《けん》や体術、魔術といった技能に関してはほとんど全てにおいてまるで才能がないらしい。

前にロレン達と遭遇《そうぐう》したときには、空間を渡《わた》ったり、スライムを召喚《しょうかん》したりするような能力を見せてはいたのだが、それらは全て怠惰の邪神として備わっている能力であって、たとえて言うのであれば人は息をすることができます、というようなレベルの話なのだとグーラは説明する。

「グーラさん、それだけ聞くとこの邪神さん。ひたすら硬くて邪魔な置物の域を出ないような気がするのですが」

「およそその見方で間違《まちが》いないわ」

「それを聞かされますと、この方が憤怒の邪神さんへの対抗《たいこう》手段になるとは到底《とうてい》思えないのですが……」

憤怒の邪神《じゃしん》の権能は、広範囲《こうはんい》を焼《や》き払《はら》うようなものである。

たとえ怠惰の邪神の防御力《ぼうぎょりょく》がどれだけすごかろうが、本人だけが助かって周囲が焼かれてしまうようではラピスの言う通りに対抗策になるとは思えない話であった。

これで怠惰の邪神には憤怒の邪神を倒《たお》す算段が何かあるとでも言うのであれば話は別なのだが、攻撃手段を持っていないというグーラの説明が確かなのであれば、その見込みも非常に薄い。

「そこはこいつの協力で権能の真価ってもんを発揮してもらわにゃならんのやけど、ってことでおいこら、協力する気はあるんか？」

「できれば面倒なことはお断りしたいところなんだけどねぇ」

そう答えつつもダウナはちらっとロレンの顔へ視線を走らせる。

自分に向けられた視線の意味をロレンが測りかねていると、ダウナは頭を掻《か》きながら言葉を続けた。

「けれど、そこのロレンだっけ？　彼《かれ》にはちょっと負い目を感じてるからねぇ」

「俺《おれ》の方にゃ心当たりがねぇんだが」

「俺の封印《ふういん》が解けたときの話だぁな。逃げるためとはいえ、あのスライムをけしかけたのはちょっとやり過ぎだったかなぁと、思ったりするわけだねぇ」

言われてロレンは思い出す。

ダウナの言う封印が解けたときというのは、とある冒険者養成学校の地下にある迷宮《めいきゅう》でロレン達《たち》がダウナと初めて出会ったときのことだ。

逃げようとするダウナを引き留めようとしたロレン達に対し、ダウナは一匹《ぴき》のスライムを召喚し、それをロレン達への足止めとしてけしかけていた。

それはかなり強力なスライムで、けしかけられたのがロレンでなく普通の冒険者であったのならば、それだけで死んでしまっていた可能性が高く、そのことをダウナは気にしていたらしい。

「ありゃ俺らも敵意があったし、仕方ねぇんじゃねぇか？」

「そう言ってもらえるとちょっとは気が軽くなりはするんだがねぇ。何せ俺達邪神って、あんたらには迷惑《めいわく》かけ通しだろ？」

言われてロレンの視線がグーラに向く。

その視線に気がついたグーラは、かなりの勢いでロレンの視線から逃《のが》れるべくその場で回れ右をすると背中を向けたまま素知らぬふりをし始めた。

「助けにもなっちゃいるんだがな」

いちおうフォローもしておかなければとロレンがそんなことを言うと、ダウナは顔に浮かべている笑みを苦笑《くしょう》へと変える。

「それは何よりと言いたいところじゃああるんだが、俺としても気になる過去の話はきれいにしておきたいってところでもあるんだねぇ」

「つまり？」

「あのことを水に流してくれるってんなら、怠惰の名には似つかわしくはないとは思うんだが、今回は骨折りしてもいいかなぁってわけだねぇ」

「俺は別に、それで構わねぇが」

結構危ない状態まで追い込まれたというのは確かであるのだが、死なずに切《き》り抜《ぬ》けられたことでもあり、しかも言われるまで思い出しもしていなかった話だからとロレンはあっさりと了承《りょうしょう》したのであるが、ラピスの方はどうなのかとそちらを見れば、ラピスもこくりと頷《うなず》いてみせた。

「ロレンさんがそれでいいのでしたら、私からは特に何も」

「よしよし、それじゃ面倒ではあるけれども協力するとしようかねぇ……っとその前に一つ頼みたいことがあるんだがねぇ」

さらりと言葉《ことば》尻《じり》に一言付け加えてきたダウナに、ロレンとラピスは同時に警戒《けいかい》感を抱く。

簡単な条件を飲ませて、その勢いでもって何かしら面倒な話まで飲ませようとする算段かと思ったのだが、ダウナは座った姿勢のまま両手をロレンへと差《さ》し伸《の》ばすと、ロレン達《たち》が予想もしていなかったことを口にした。

「その現場まで運んでくれやしないかなぁ？　歩くの面倒で」

「そりゃ……移動すんのに俺に負ぶれ、ってことか？」

「そっちのラピスだっけ？　女性の背に揺られるってのもオツだとは思うんだけど、そこまで要求するのは憚《はばか》られる話だぁなぁ」

本気で言っているのだろうかとロレンはグーラの様子を窺ったのだが、グーラは痛々しいものを見る目でダウナを見ながらそっと首を振る。

その仕草で、どうやらダウナは本気らしいと見て取ったロレンは、溜息《ためいき》を一つ吐き出すとダウナへ告げた。

「分かった。ルクセリアに運ばせるからちょっと待ってろ」

「いや、ちょっと怠惰の名前を忘れて、自分の足で歩きたい気持ちになってきたねぇ」

二本の足があるのだから、歩けないことはないのだろうと考えていたロレンだったのだが、案の定歩く気になればいかに怠惰の邪神《じゃしん》といえどもそれくらいはできるらしく、その場にすっくと立ち上がったダウナを見て、ロレンは本当にこの邪神が頼《たよ》りになるのだろうかという思いにとらわれつつそっと肩を竦《すく》めるのであった。

邪神の住処から戻ってくることに関しては何ら問題はなかった。

ロレンとしてはすぐにでもユーリのところに報告に赴《おもむ》きたかったのだが、ルクセリアがどうしても自分の住処も見ていけと粘《ねば》りだして閉口する。

時間云々《うんぬん》を別としても色欲の住処など、見たくもないと正直に伝えればルクセリアがどんな反応を示すか分かったものではないので、やんわりとした断り方を心がけたロレンであるのだがルクセリアはいちおう諦めはしたものの、どうしても納得がいかなかったらしい。

「どうしてアタシの住処だけスルーなのよ。ファンシーな暴食の住処には入ったたっていうのに！」

「色欲、オノレそれ以上それに触《ふ》れたらただじゃおかんぞこら」

「あー……あそこに行ったのかぁ。お昼寝《ひるね》するには良さそうな住処だよねぇ」

「怠惰もそれ以上触れる気ぃなら覚悟せぇよ」

いがみ合っているのかじゃれ合っているのか、いまいち分からない邪神達《たち》の行動を見ながら、これらの管理は自分がしなければならないのだろうかとロレンが陰鬱《いんうつ》な気分に浸《ひた》りつつあると、傍《かたわ》らにいたラピスに軽く袖《そで》を引かれた。

「ロレンさん、私の部屋もファンシーでパステルな感じにしておいた方がいいですか？」

「なんでそうなりやがる」

「これは普段《ふだん》と私的な空間とのギャップが魅力《みりょく》を増大させるというあざとい手法です。まさかグーラさんがそんなことをするとは思っていなかったのですが」

「ちょっとラピスちゃん。おねーさんと暗いとこでお話ししよか？」

「ここにきて、そんなアピールの仕方をするなんて。邪神あざとい！　汚《きたな》いです邪神！」

言い合いを始めたラピスとグーラの姿に、どうやらこのままでは収拾《しゅうしゅう》がつきそうにないと考えたロレンは、背中の大剣を抜き放ち、その切っ先を地面へと突き刺《さ》す。

ついでにシェーナにお願いして〈死の王〉の雰囲気まで撒《ま》き散《ち》らして威圧《いあつ》してみれば、何故《なぜ》だかロレンの肩にしがみついていたニグまでが前脚《まえあし》を振り上げて威圧を始め、だからというわけでもないのであろうが邪神達と魔族は、表面上だけでも大人しくなる。

「さっさと団長に報告に行くぞ、お前ら」

「それはいいんですがロレンさん、ここ街の中ですよ」

「だからどうした」

「〈死の王〉の気配なんてバラまいたら、きっと住民さん達の間で色々な惨事《さんじ》が……」

言われてロレンは気が付いた。

確かに目の前のグーラ達やラピスならば〈死の王〉の気配に対しても、それほど強烈《きょうれつ》な反応は示さないのだが、これが一般人《いっぱんじん》ともなれば話は別である。

下手をすると、それだけで失神やら何やらを起こしかねない話でもあり、いくらラピス達を大人しくさせるためとはいっても少々やりすぎだったかと思うロレンではあるのだが、やってしまったことを今更《いまさら》どうこうできない。

「繰《く》り返させたくねぇなら、大人しくついてこい」

「団長さんに怒《おこ》られそうですね」

静まり返ってしまった街並みを見ながらそう呟くラピスに、誰《だれ》のせいだと思っているんだと内心で毒づきながらもロレンは一路、ユーリが待っているであろう軍施設《ぐんしせつ》を目指す。

ロレン達が軍施設へと到着《とうちゃく》すると、そこは火事場のような騒《さわ》ぎになっていた。

「街の一画で失神者が続出しているとの通報が」

「いったい何があったというのだ⁉　とにかく救護班を向かわせるんだ！」

担架《たんか》が運び出されたり、医師や治癒《ヒーリング》関係の施術者《しじゅつ》に連絡《れんらく》を取ろうと兵士達が右往左往していたりする中を、何かしら物言いたげなラピス達の視線を感じつつロレンは努めて平静を装いながら通《とお》り抜け、ユーリがいるはずの部屋へと進む。

ある程度、ユーリが通達してくれていたおかげなのか、それとも混乱のせいでそこまで気が回らなかったのか、とにかく誰かに呼び止められるようなこともなくユーリのいるはずの部屋へとたどり着いたロレンが扉《とびら》を開くと、椅子《いす》に座ったままロレン達を迎《むか》えたユーリは開口一番ロレンへこう告げてくる。

「お前、何やっとる？　おかげでこちらは大騒ぎだの」

「あんた、どっかで俺《おれ》のこと見張ってんのか？」

ロレンが教会跡《あと》でやらかしてからユーリのところまで来るのに、それほどの時間は経過していない。

だというのに、明らかにロレンが騒動《そうどう》の原因であると言わんばかりのユーリの言い方に、驚《おどろ》いていいやら呆《あき》れていいやら分からないままにロレンがそう答えると、ラピスが疑わしげな視線をユーリへ向けつつ尋《たず》ねた。

「ユーリさん、あなたはいったい何者なんですか？　ロレンさんの何をどこまで知っていて、行動されているんです？」

「そうさの。別段、とりたてて隠《かく》すようなことでもないが……」

そこでちらりとロレンの顔色を窺うような視線を向けたユーリは、ロレンが特に気にしているような素振《そぶ》りを見せないことを見てから続ける。

「やはりそういうことは落ち着いてゆっくりと話すべきだと思うがの。ということで、次の仕事を依頼《いらい》させてもらおうか」

「憤怒の邪神《じゃしん》への対抗策について聞かねぇのか？」

「それについては任せるしかないかの。信頼《しんらい》しておるぞ、ロレンよ」

「投げっぱなしって言うんじゃねぇか、そういうの」

朗《ほが》らかに笑いながら肩を叩《たた》いてくるユーリをロレンは半眼になりつつ睨みつけたのであるが、ユーリはそれを笑顔で受け流しながら机の上に地図を広げてみせた。

「それでは早速《さっそく》で悪いんだがの。ロレン達にはここに出向いてもらう。ここがいわゆる主戦場というやつなんだの」

ユーリが指し示したのは、ロレン達がいる街からやや離れた場所にある平原であった。

そこに展開されている軍が、帝国《ていこく》軍も王国軍も、どちらも主力であるらしい。

「ここで明後日に、両軍がぶつかり合うことになっとる」

「正面からか？」

「あぁ。小細工なしに正面から両軍の主力同士がぶつかる。決戦というやつだの」

「腑《ふ》に落ちません」

やけに自信たっぷりに言うユーリの言葉に疑問を抱《いだ》いたのはラピスであった。

どういうことなのかと視線で問いかけてくるユーリにラピスはあからさまに分かるほどの疑念を視線へ込めながら指を突きつける。

「傭兵《ようへい》団の団長から、一国の将軍にまでなれる貴方《あなた》が何の策もなしに、単純なぶつかり合いを選択《せんたく》するというのはおかしくありませんか？」

「これはえらく買われたもんだの。無論、それには理由があるぞ」

ラピスの疑問に動じることなく、それを当たり前のことと受け止めてユーリは理由についての説明を始める。

「単純にただ戦うだけなら、王国軍が今の倍いたとしても勝てるがの」

「だったらさっさとケリをつけたらいいじゃねぇか」

「それができん理由がロレン達の言う邪神という存在であろうが。流石《さすが》に私も遭遇しただけで部隊が焼失《しょうしつ》するような相手に使う策の持ち合わせなどないからの」

つまりはユーリが真っ当な戦争で王国軍を倒すためには、まず憤怒の邪神を戦場から排《はい》除《じょ》しなければならない、ということになる。

ただそのための手段をロレン達《たち》が持ってきたからといって、適当に出撃《しゅつげき》させたのでは憤怒の邪神と確実に遭遇できるとは言いきれない。

「そのために、確実に相手が憤怒の邪神とやらを出してくる状況《じょうきょう》を作る必要があるのだの。

ここまではいいかの？」

「相手側の邪神を確実に引っ張り出すために、わざと正面切って戦うってのか」

「帝国軍の兵士は精強だからの。ただぶつけてもまずこちらが有利に状況を進められることは確実だろうの」

もちろんそのことは王国側もある程度は把握《はあく》していることであり、引っ張り出すのに苦労したとユーリは苦笑する。

「不利を相手が悟《さと》れば、盤面《ばんめん》をひっくり返すために邪神を出してくる、ということですか」

「そこでロレン達が相手側の邪神を何とかしてくれれば、後は何の問題もなくこちらに勝ちが転がり込んでくる、というわけだの。もっとも真正面からの戦いに私が負けるようなことがあればこの限りではないんだがの。そこは任せてほしいものだの」

納得《なっとく》したかとばかりにユーリがラピスを見れば、ラピスは口を噤《つぐ》んでロレンのことを見る。

ユーリの説明でいちおうは納得したものの、それに乗るのか乗らないのかの判断についてはロレンの判断に一任しようというつもりであるらしい。

「俺達《おれ》が失敗した場合はどうなるんだ？」

すぐには答えを口にせずに、ロレンがユーリに問いかけるとユーリは小さく鼻を鳴らし、おそらく戦場となるはずの地図の一点を指で軽く叩いた。

「別の策も用意してはあるがの。できればそれは使わせないで欲《ほ》しいものだの」

一つしか策を用意していなければ、それが破られたときに状況は致命的《ちめいてき》なものになる。

それを重々承知の上だからこそ、やはり団長は他にも策を持っていたかと感心するロレンは、興味に駆《か》られて尋ねた。

「どんな策なのか聞いても構わねぇか？」

「それは言えんの。どこから情報が漏《も》れるか分かったものではないからの」

「それもそうか」

知らないことは漏らしようがない。

邪神用のとっておきの策ならば、確かにそれを知る者は少なければ少ないほどいいのだろうと納得するロレン。

「だが策はある。だから失敗したと判断したらすぐに逃げてくるんだの。いいかロレン？」

命令、というよりは言い聞かせるような口調になったユーリにロレンは一瞬《いっしゅん》驚《おどろ》いた顔を向けたものの、すぐに野太い笑《え》みを顔へ浮《う》かべると自分を見つめているユーリを少しばかり馬鹿《ばか》にしたような口調で応じる。

「傭兵団時代にゃ聞いたことのねぇ指示だな団長。将軍様なんて地位に就《つ》いたもんだから命が惜《お》しくなりやがったか？」

「あのまま傭兵をやっておれば、それでもよかったのだがの」

「そりゃどういう意味だ？」

急に遠い目をし、ぽつりとぼやくように零《こぼ》したユーリの言葉を聞きとがめて、ロレンはその意図するところを問いただそうとしたのだが、ユーリはそっと首を振ると改めてロレンの顔をじっと見つめる。

「確かに命じたからの。失敗したと思ったら、すぐにその場を離れること。無理に自分で何とかしようとせず、駄目ならば私を頼るといい。いいな、ロレン」

「あ、あぁ……まぁ状況次第《じょうきょうしだい》だが、心にゃ留めておく」

妙《みょう》に殊勝《しゅしょう》な物言いをするユーリの姿は、ロレンが傭兵団にいた頃《ころ》には見たことがないような姿であり、驚くというよりはいくらか引いてしまうような気分のロレンには構わず、ユーリは傍らにいるラピスや、その背後にいる邪神達の方へと視線を向ける。

「お仲間の方々も、くれぐれもよろしくお願いする」

そう言って急に頭を下げたユーリの態度に、ルクセリアとグーラはお互《たが》いの顔を一旦《いったん》見合わせてから、どちらからともなくこくりと深く頷く。

ラピスは、未《いま》だに少しばかり懐疑的《かいぎてき》な目をしてはいたものの、ユーリの頼みごとについては素直《すなお》に頷きを返してみせたのであった。

第六章　出陣から告白される

街から戦場までの移動はユーリが手配をした。

王国軍へ総攻撃《そうこうげき》を仕掛《しか》けるため、将軍であるユーリが前線にいる軍と合流するための部隊にロレン達を一時的に編入する手続きを取ってくれたのである。

ただ、騎兵《きへい》のように馬を貸《か》し与《あた》えるということはできなかったようで、ロレン達は前線へ送られる物資を運ぶ荷馬車に揺られて移動することとなった。

さすがに将軍が同行する行軍とあればそれなりの規模の兵士がつくものであり、その中にこっそりと紛《まぎ》れ込むような形になっているロレン達は荷台の上からユーリが指揮する軍の威容《いよう》を眺《なが》めてそれぞれがそれぞれの感想を抱いている。

「傭兵団とは比べものにもならねぇな」

一介《いっかい》の傭兵団と、国の正規軍とでは比べるべくもないのは当然なのだが、それでもそう思ってしまうロレンがそう零すと、荷台の一番後ろに他のメンバーから距離《きょり》を取られた形で座っていたルクセリアがうっとりと呟《つぶや》く。

「屈強《くつきよう》なオトコがこんなに……」

ほぅと溜息をつき、両手を頬《ほお》にあてる仕草は少女が行えばまだ許される類《たぐい》のものだったかもしれないのだが、ルクセリアのような屈強な男が頬をほのかに染めながら行えば、いかにロレンといえども荷台の上で、さらに距離が取れる場所はないものかと探してしまうような代物《しろもの》に成り下がる。

「グーラさん、あの劇物どこかに捨ててこられませんか？」

「ラピスちゃん、うちもそれができればどんだけ楽かと……」

真顔でルクセリアの廃棄《はいき》を提案するラピスであるのだが、グーラの返答は芳《かんば》しくない。

どこかにあれを捨ててきても、捨てた先で問題を起こすだけ起こして帰ってきそうな気がするのは自分だけではないのだろうなとロレンはこっそり考える。

「それはともかく、結構な軍ですね。装備もいいのを使っているようですし、兵士もよく訓練されているようで見ているだけで精強さが伝わってくるようです」

「ラピスに言われると、どこまで本気か分からねぇな」

ラピスは人と比べれば強力すぎるにも程《ほど》がある魔族である。

その魔族に精強と評されても、言葉通りに受け取れるわけもなくロレンが苦笑すると、ラピスは小首をかしげながらロレンを見た。

「人にしては、と頭につけた方がいいですか？」

ラピスの言葉にロレンは自分の唇《くちびる》の前に人差し指を立てて見せる。

荷馬車の御者台《ぎょしゃだい》に座っているのはユーリが付けてくれた正規軍の兵士であり、今のところは出発前の準備や指示を受けるために荷馬車には乗っていなかったのだが、どこで誰が聞いているのか分からない状態であまり迂闊《うかつ》なことを口にするべきではないと考えたからだ。

「けど実際、結構強い軍やないの？　これとタメを張っとるらしい王国軍ってのも、相当なもんなんやろね」

「そっちは見たことがねぇから分からねぇな」

そう答えてはみたものの、ロレンは王国軍は帝国軍に比べれば質といった点においてやや劣《おと》るのではないだろうかと考えていた。

もしも王国軍が帝国軍並みの質を備えた軍であったのだとすれば、そこに憤怒や傲慢の邪神の手助けがあった時点で帝国軍が敗走していてもおかしくないはずだからだ。

しかし現状がそうなっていないということは、邪神の助力の分を考えてどうにか互角《ごかく》前後、ということなのではないかとロレンは思っていた。

「まぁ、あんまり気楽にゃ考えねぇことだな」

下手な判断をすれば命にかかわる話である。

慎重《しんちょう》で臆病《おくびょう》なくらいがちょうどいいと思うロレンがそう締《し》めくくったところで、進軍の号令が鳴《な》り響き、王国軍との決戦を前にした帝国軍がゆっくりとではあるが前線に向けて進み始めたのだった。

「いやぁ、これは楽ちんだなぁ」

その道中は全く安全そのものであった。

行軍している人数が人数だけに、獣《けもの》や魔物《まもの》の類が寄り付くようなことはなく、賊《ぞく》の類も正規軍の、しかもかなりの人数を揃《そろ》えている一団に手を出そうと考えるほどには愚《おろ》かではなかったようで、進行を妨《さまた》げるようなトラブルが起きなかったのである。

もっとも、将軍が同行している軍であるだけに、先に道の安全は斥候《せっこう》やら何やらによって確認《かくにん》されているからこその安全なのではあろうが、それにしたところで怠惰《たいだ》が大喜びする程度には何事も起きない道中であった。

ロレン達を驚かせたのは前線の基地になっている場所に到着したときのことである。

到着後、すぐに荷解《にほど》きが行われ、兵士達が働いている中で戦闘《せんとう》が始まるまでは特に仕事のないロレン達は前線基地の中を適当に見て歩こうかということになったのだが、その敷《しき》地内《ちない》で何やら騒がしい場所があるのに気がついてそちらへ足を向けた。

「すげぇぞ！　あれがヴァーゲンブルグ秘蔵の冒険者《ぼうけんしゃ》か！」

「既《すで》に白銀級への昇格《しょうかく》が決まって、黄金級も目前じゃないかと噂《うわさ》されているのも頷けるものだな」

「やっぱあぁいう英雄《えいゆう》の周りにゃいい女が寄り付くもんなんだなぁ」

人だかりから聞こえてくる賞賛の嵐《あらし》に興味を惹《ひ》かれて、ロレンはその長身を生かして人垣《ひとがき》の外側から内側の様子を覗《のぞ》き込んでみたのだが、騒ぎの中心にいる人物の顔を見て、なんとなく半眼になる。

その輪の中心にいたのは、どこかで見たような赤毛の優男《やさおとこ》とその仲間らしき三人の女性であった。

冒険者のクラースとその仲間達である。

非常に恐縮《きょうしゅく》している三人の女性の様子とは裏腹に、少々照れながらも賞賛を笑顔で受け止めているクラースを見ながら、ロレンはクラースについての情報を思い出す。

確かにクラースは元々ロレン達が拠点《きょてん》としていたカッファの街が所属しているヴァーゲンブルグ王国から支援《しえん》を受けているらしい冒険者であった。

秘蔵されているか、という疑問については首を傾げてしまうロレンなのだが、そういう見方もできなくはないのかもしれない。

それにしても、この騒ぎはいったい何なのであろうかと視線を左右に振って周囲の状況を確かめようとしたロレンの服の裾《すそ》を、ラピスがくいくいと引っ張り出す。

「どうした？」

「私じゃ見えません。何が見えるんですか？」

ラピスはロレンに比べると大分背が低い。

クラースを取り巻いているのは帝国軍の兵士達であり、そのいずれもが確かにラピスよりは背の高い者ばかりで、ラピスの視線では何が起きているのか見ることができなかった。

「クラースの奴《やつ》がいるな」

「先行してこちらに来ていたんですかね？」

言いながらラピスはするりとばかりにロレンの背中をよじ登ると、両肩《りょうかた》に手をかけた姿勢でロレンの頭の上から身を乗り出した。

大した重荷ではないものの、その恰好《かっこう》のままであまり高いところに登ったりしないで欲しいものだと思うロレンの上から、人垣の中を見たラピスはどうやらクラースと目が合ったらしく、ロレンの肩から片手を離《はな》すとひらひらと手を振ってみせる。

「こっちに気がついたみたいですね」

「面倒《めんどう》事にならねぇうちに退散するぞ」

「手遅《ておく》れです。もうこっちに向かって来ていますし」

何故《なぜ》クラースが自分の方に向かって来るのかと疑問を呈《てい》する前に、人垣を掻き分《わ》けて姿を現したのは女騎士《きし》のレイラであった。

その背後には女神官のロールと女魔術師《まじゅつし》のアンジェの姿がある。

クラースはといえば、レイラに首根っこを掴《つか》まれて引きずられており、何やらじたばたともがきはしているものの、レイラはそれに取り合う気が全くないらしい。

「これはロレン！　いいところで出会った。ちょっと話がある。落ち着ける場所に行こうじゃないか。さぁすぐに！」

「面倒な気配しかしねぇが……分かった。場所を変えてぇんだな」

できれば巻き込まれたくないと思うロレンだったのだが、レイラの必死な表情を見るとそうも言えなくなってしまい、なし崩《くず》し的にクラース達《たち》と合流することを了承してしまう。

レイラ達がかき分けてきた人垣の中からは、ロレン達の正体を誰何《すいか》するような声も上がっていたのだが、ここは成り行きと勢いに任せてしまえとばかりにロレンは肩からラピスを下ろし、近くで興味なさそうにぼんやりとしていたグーラ達邪神《じゃしん》に声をかけてその場をさっさと後にすることにした。

「すまん、恩に着る。どこか落ち着ける場所はあるだろうか」

ロレンと並んで歩きながら小声でレイラが切り出してきた言葉に、ロレンは何げなく口を開く。

「団長ならどこか知ってるかもしれねぇが」

「それなら、基地の東端《とうたん》に大きめの天幕があるからそこを使うといい。中に軽食や飲み物の準備もされておるから、ゆっくりと落ち着けると思うがの」

返答を期待して口にしたわけではなかった。

だが、いったいどこで準備していたのかと疑いたくなるようなタイミングでロレン達とすれ違《ちが》ったユーリが、すれ違いざまにそんなことをロレンへと告げ、そのままそそくさと立ち去ってしまう。

言葉を返す余裕《よゆう》もなく、ロレン達は呆然《ぼうぜん》と、去り行くユーリの背中を見送ってしまう。

「ロレンさん、あの方本当に人なんですか?」

「最近ちと、疑わしく思ってる部分じゃあるな」

ユーリの正体はともかくとして、ロレンとしては落ち着ける場所が用意されているのはありがたいことであり、色々と疑問は残るもののそれらは棚上《たなあ》げすることにして指定された天幕へと向かうことにした。

「で、何があったよ?」

足を止めれば何かと兵士達が近寄ってきてクラース達を取り囲もうとし始める。

その雰囲気《ふんいき》は好意的であり、何かしら悪いことをしたわけではないことは分かるのだが、逃《に》げるように足を速めるレイラ達の様子を見れば、どうしても理由の方が気になってしまう。

「表面的な話をするならば、王国軍との小規模な戦いに参加し活躍《かつやく》をした」

「悪ぃ話じゃねぇじゃねぇか。敵将の首《くび》でも挙げたのか？」

「一軍を薙《な》ぎ払うほどの炎《ほのお》の魔術《まじゅつ》を扱《あつか》う魔術師の話は聞いているか？」

声を潜《ひそ》めながらそんなことを言ったレイラに、ロレンは内心では驚きを覚えながらも、努めて表情に出ないように気をつけながら一つ頷く。

「あぁまぁな。話くらいは」

「それと遭遇して、撃退《げきたい》したんだ」

レイラの言葉はロレンやラピスに結構な衝撃《しょうげき》を与えた。

これまでそれに対抗するための手段を色々と模索《もさく》していたというのに、クラース達がそれを成《な》し遂《と》げたのだとすれば、つれてきた怠惰の邪神はお役御免《ごめん》ということになる。

仕事がなくなったことに、もしかして気を悪くしたりしていないだろうかとロレンはそっとダウナの顔を窺《うかが》ったのだが、どちらかといえばダウナは仕事がなくなりそうな気配に目を輝《かがや》かせており、心配は無駄《むだ》だったらしいとロレンは息を吐《は》く。

「そいつが本当だとすりゃすげぇ話だ。クラース達だけで一軍に匹敵《ひってき》するってことだろ？　兵士達が持ち上げげんのも分かるぜ」

「真っ当な手段でそれを成していたのなら、私達がこんな思いで逃げ出《だ》すような真似《まね》をせずともよかったんだ」

ともあれここは褒《ほ》めておくべきだろうと思ったロレンの言葉に、返ってきたのはレイラの苦々しげな声であった。

いったい何があったのかと考えるロレンにラピスがこちらも声を潜めてレイラに問いかける。

「外れていたのなら申し訳ないのですが。噂では件《くだん》の魔術師は少女だった、と聞いています。もしかして相手が女性だった、ということに起因していますか？」

「察しがよすぎて助かるよ！　一度は撃退したものの、二度は絶対に無理だ！　相手は文字通り火を噴《ふ》く勢いで怒っていたからな！　それでも一度撃退したという実績を作ってしまった以上、次にアレと遭遇したときに駆り出されるのは間違いない！　私は若い身空で灰にされたくはない！」

感情が昂《たか》ぶって声を潜めていられなくなったのか、レイラがその見事な金髪《きんぱつ》を掻き毟《むし》りながら喚《わめ》き出す。

　本当に何をしでかして、あの憤怒《ふんぬ》の邪神を一時的にとはいえ撤退《てったい》させたのかとロレンが引きずられているクラースを見れば、クラースはあまり懲《こ》りた様子もなく力の無い笑い声をその口から漏らしたのであった。


「それで、今度は何をやらかしたってんだ。お前らのとこの優男はよ」

　ユーリが用意してくれたらしい天幕の中には組み立て式の大きなテーブルが一つといくつかの椅子《いす》、それに軽くつまめる食べ物にお茶の用意がされていた。

　さすがに酒類の用意は戦《いくさ》の前ということもあって、用意されていないかと少々がっかりしつつもラピスが淹《い》れてくれたお茶を啜《すす》り、肉やら魚やらの干物《ひもの》を刻んだ物を口へ運びながらロレンはレイラに尋ねる。

　天幕に着くまではクラースを引きずっていたレイラだったのだが、天幕へ入ってしまうとクラースをその辺に放《ほう》り投《な》げ、ロレンからみてテーブル越《ご》しの席に腰《こし》かけると、こちらもラピスが差し出したお茶を受け取って一口それを飲んだ。

「少し前に私達は、ここの帝国軍と合流したのだが。すぐに前線の小競《こぜ》り合《あ》いに駆り出されたんだ。もちろん仕事であるし、帝国軍への印象もよくなるだろうから私達はそれを了承した」

「そういやお前ら、ヴァーゲンブルグ王国の息がかかってんだったな。よくこっちに来られたな？」

クラースは冒険者《ぼうけんしゃ》という身分でありながら、その能力を買われてヴァーゲンブルグ王国の支援を受けて育成されている人物である。

有事の際には勇者というような名前に祭り上げられ、最前線に送り込めることを期待されているような立場なのだが、そういった人物を簡単に国外に貸し出すというのはロレンからしてみれば非常に不思議な話であった。

「簡単なことだ。安上がりだからだよ」

レイラ曰《いわ》く、遠く離れた帝国に貸しを作るメリットはあまりない。

せいぜいが、何かの折に使えるかもしれないという程度の話である。

そんな話に国として軍を派遣《はけん》するような話であったのならば、ヴァーゲンブルグは最初からそれを拒否《きょひ》か無視していたはずであった。

しかしながら、今回の話は冒険者を派遣するというだけの話であり、費用はそれほどかからない上に、うちの秘蔵の冒険者をお貸ししますよという一言だけである程度の貸しを帝国に作ることができてしまう。

その冒険者が戦功をあげたりしたのならば、その貸しはさらに大きなものになるはずであった。

「費用対効果で、行ってよしということになったというわけだ」

「そりゃまたご愁傷様《しゅうしょうさま》な話だな。けどよ。そこまで帝国軍の兵士に持ち上げられてたってことは、確かな戦功をあげたってことだろ？」

「そこで話は最初に戻《もど》るというわけだ」

ある部隊に他の冒険者達《たち》と共に配属されたクラース達は、その部隊の行動中に王国側の部隊と遭遇《そうぐう》。

偶発的《ぐうはってき》にこれと戦闘することになった。

当初は元々質の高い帝国軍が、戦闘能力という点においてはかなりなものを持っているクラースを筆頭に、冒険者達の支援を受けて王国軍に対し優勢に事を進めていたのだが、状況は一人の乱入者の存在によって一転してしまう。

それが炎を操《あやつ》る魔術師として認識《にんしき》されている憤怒の邪神であった。

次々に焼かれ、倒《たお》れていく帝国軍はこのたった一人の乱入により形勢を逆転され、敗走寸前のところまで追いつめられたのだという。

「そこでこの色ボケが気が付いてしまったのだ。件の魔術師《まじゅつし》が女性であるということにな」

「まさか、とは思うんだがよ……」

「なかなかの美少女ではあったな。クラースが思わず、口説き文句を口にするくらいには」

口調に苦いものを交ぜながらレイラはクラースを睨《にら》みつけた。

睨まれたクラースはまるで他人事のように飲み物や食べ物を満喫《まんきつ》しつつ、暗い顔をしているアンジェ達と何やら話し込んでいたのだが、強烈なレイラの気配と視線に気が付いて、ロレン達の方を見ながら愛想笑《あいそわら》いのようなものを顔に浮かべる。

「そこから先はなし崩しだ。命の危険があるというのに、あの魔術師に詰《つ》め寄《よ》ったこのバカは、歯の浮くような台詞《せりふ》を並べ立ててどうにか籠絡《ろうらく》しようと試み始めたんだ」

「俺の常識が間違《まちが》ってなけりゃ、そういう行為《こうい》ってのは兵士達から軽蔑《けいべつ》されて然《しか》るべきもんじゃねぇのか？　そりゃ戦場のど真ん中で女を口説く度胸ってのは、それなりに評価……したくねぇな」

「燃え盛る炎が立てる音と、あの魔術師の脅威《きょうい》から逃《のが》れようと大半の兵士は距離を取っていたということがこのバカに幸いしてしまった」

深々と溜息《ためいき》を吐き出し、レイラは自分の金髪を手でくしゃくしゃとかき交ぜる。

その顔に色濃《いろこ》く表れた疲労《ひろう》の色に、苦労しているのだろうなとは思うロレンなのだが、どうすることもできず、せめてとばかりに空になっているレイラの手の中のコップにお茶を注《つ》ぎ足《た》してやった。

新しく注がれたお茶で喉《のど》を潤《うるお》してから、レイラは先を続ける。

「傍《はた》から見れば、猛威《もうい》を振《ふ》るった敵の魔術師にこの性獣が説得か何かを行ったように見えたのだろうよ。実際、この性獣があの魔術師を口説き始めてから攻撃《こうげき》がぱたりと止《や》んだのだからな」

「あー……あの娘《こ》、あないな年齢《ねんれい》であぁなったから、そこそこ純情やからなぁ。男に口説かれることなんて全くなかったやろうし、混乱して固まってしもうたんやろなぁ」

「純情うぶよねぇ。可愛《かわい》いったらありゃしないわぁ」

少し離れたところでレイラの話をなんとなく聞いていたグーラとルクセリアがそんな感想を口にした。

その近くではダウナが興味など全くないといった感じで前後に舟を漕《こ》ぎ出していたのだが、ロレンはそれを黙殺《もくさつ》するとレイラに尋ねる。

「それだけなら、その魔術師ってのが怒り出す理由ってのが分からねぇが？　事の善《よ》し悪《あ》しやら状況やらは別として、男が女を口説くってのはそう悪いことじゃねぇだろ？」

口説くという行為自体は、それほど悪いことではないはずだとロレンは考える。

もちろん前提条件をまるっきり無視してという話が前につくのだが、嫌《いや》なら嫌で断ればいいだけの話であり、相手を怒らせるような話ではないはずであった。

「まさか断られたのをしつこく追いかけたりしやがったのか？　それならまだ話は理解できるんだが」

「断ってくれていればよかったのだがな。あろうことかこの底なし性欲魔人は、あの魔術師を言葉だけで口説き落としかけたんだ」

〈段々と呼び方が酷《ひど》くなってますね〉

苦笑《くしよう》を含《ふく》んだシェーナの声に、無理もないだろうと胸の内だけで答えてロレンはレイラに話の先を促《うなが》す。

口説き落とすことに成功しかけたのであれば、そのまま話が進めばあの憤怒の邪神をこちらに引き込むこともできたのではないか、と思ってしまったロレンなのだが、現実はそう甘《あま》いものではなかったらしい。

「籠絡されかけたあの魔術師は、確かにこちらに引き込まれかけたんだ。しかしだ。クラースの近くには私達《たち》がいるだろう？」

そう言われてロレンははたと気がついた。

グーラやルクセリアが言うように、男に口説かれるような経験をしてこなかった憤怒の邪神がクラースの手管に落とされかけたことはまだいい。

だがその落ちかけた憤怒の目の前に、クラースの周囲には既に別の女性がいるという事実を突《つ》きつけた場合に何が起こるのか。

そのことに考えが及《およ》んだ時点でロレンは何がそこで起こったのかを理解した。

「あぁ……そりゃキレるわな」

「私としてはレイスさんに少々同情してしまいますね」

「私も女だ……あの魔術師の気持ちが分からないでもない」

ラピスの言葉に沈痛《ちんつう》な面持《おもも》ちでレイラが頷《うなず》く。

ラピスがクラースを見る目は、直接その視線に晒《さら》されていないロレンが見ても寒気がするほどに冷たい目であったのだが、当事者であるはずのクラースは何故か照れたような顔をしながらぽりぽりと頬をかいている。

「可哀想《かわいそう》なあの魔術師は、自分が騙《だま》されかけていたのだと知ると顔を真っ赤にしてな」

「そこでよく殺されなかったもんだな」

これが酒場の看板娘《かんばんむすめ》などであれば、平手の一発も飛んで来そうなものなのだがと思うロレンである。

相手が憤怒の邪神ならば、腹立ちまぎれにその場で焼き殺されていてもおかしくないはずだったのだが、そうならなかったというのであればやはりクラースは相当な強運の持ち主なのであろう。

「次に会ったら絶対に許さないというような捨《す》て台詞《ぜりふ》を残して一目散に逃げていったからな。まぁそれも遠くにいた兵士達には聞こえなかったようなんだが」

そこでがっくりと肩を落とし、レイラはそこから先を力なく吐き出すかのように続けた。

「状況だけ見れば、クラースがあの魔術師を説得し、説得しきれないまでも一時的に撤退させたように映るのだろう。こちらの陣地《じんち》に帰ってみれば一躍《いちやく》、部隊の壊滅《かいめつ》を防いだ戦功者扱いというわけだ」

ヴァーゲンブルグ王国は笑いが止まらないかもしれないなと話を結んで、レイラはがっくりと肩を落とす。

「なんとかならんものかあの下半身自律式男……何故あの状況下で相手を口説こうという思考に至る？　そして何故それを成功しかける？　気苦労だけで私は老婆《ろうば》になってしまうぞ」

「お気の毒、としか言えねぇが、そんなに嫌なら辞《や》めちまえばいいじゃねぇか？」

そうはいかないのだろうとはロレンも思う。

他の二人と違い、レイラは騎士階級にある身であり、それだけではないのだろうがヴァーゲンブルグ王国の意向を受けてクラースと行動を共にしているはずであった。

いくら嫌だと思っても、国に仕えている以上はその指示に従わざるを得ない身の上であり、嫌だから辞めますという話をするにはまず国から抜《ぬ》けなければならない。

それも酷かと思うロレンへ、レイラは疲《つか》れ切《き》った表情のままロレンの考えとは違う言葉を口にし出した。

「辞められない理由があるのだ。それはもちろん私が騎士であるということもあるのだが、それ以外にもな」

「惚《ほ》れた弱みとかいうやつか？　それにしたって限度ってもんがあるだろ？」

「それもそうなのだが……しかし、私にはクラース以上の男がこの先、私の前に現れるとは到底《とうてい》思えないのだ」

「そりゃまたすげぇ入れ込みようだが……どこがよかったんだ？」

クラースの行動を嘆《なげ》く言葉とは裏腹に、レイラのクラースに対する評価は最上のものと言ってもいいようなものであった。

実は自分達の知らないところでは、結構いい奴なのかもしれないと思うロレンへ、レイラはきっぱりとこう告げてきた。

「顔だ！」

「……は？」

「私は結構面食いというやつでな。気に入らない顔の男の近くになど一瞬《いっしゅん》たりとていたくない。そういう意味ではロレン、お前もなかなかの顔立ちだが、クラースは一線を画する顔なのだ」

「お、おぅ？　アリガトウゴザイマス？」

思わず返しがカタコトになってしまうロレンなのだが、他のメンバーの反応もロレンと似たり寄ったりで、ラピスは固まっており、グーラとルクセリアは何か信じられないことを聞いたかのようにレイラを凝視《ぎようし》している。

ダウナだけは既に熟睡《じゆくすい》に入ってしまったようで、椅子の上で仰《の》け反《ぞ》ったまま全く動かなくなっていたのだが、レイラの一言はロレン達にそれくらいの衝撃を与えていた。

「クラースの顔はまさしく私の理想とするところ。この先どれだけの男と出会ったとしても、これ以上のものに出会うことはあるまい。せめて……せめて女好きの度合いがあと一割ほど弱ければっ」

何やら力説しているレイラから視線を外し、アンジェ達の様子をロレンが窺ってみると、こちらは既知《きち》のことであるのか特にレイラの告白に驚《おどろ》いたような様子は見せていない。

しかし、ロレン達が受けている衝撃については理解しているようで顔を背《そむ》け、目を泳がせている。

なんだかおかしなことになってしまった天幕内の空気に、どうしたものかと思うロレンを助けるためというわけでもないのだろうが、天幕の入り口が少しだけ開かれると、そこから何故かユーリが顔を覗かせた。

「今日はしっかりと休めよ。明日早朝から総攻撃だからの」

「団長、今度はどこで見てやがった？」

「なんのことやら、分からんの。とにかく確かに伝えたからの」

それだけ言い残すとユーリはまた、来たときと同じ唐突《とうとつ》さでその場から去っていく。

なんだか色々とうやむやになってしまったような状況で、とにかく今は明日の王国軍との戦いに集中しようと決めてしまうとロレンは、色々なことについて考えることを放棄《ほうき》してしまうのであった。

第七章　出陣から突入する

翌日早朝、まだ夜も明けやらぬ内から帝国軍《ていこくぐん》は行動を開始した。

その陣容《じんよう》は、実はロレン達にはよく分からない。

知らされていないのである。

「見てなんとなくこれくらい、というのはあるんですけどね」

冒険者達は基本的に歩兵の部隊と行動を共にすることになっていた。

騎兵ほどに馬の扱いが上手《うま》くはないから、というのがその理由なのであるが、冒険者にあてがうほどに馬の数がない、というのが本当のところらしい。

「馬ってのは養うだけでも費用が嵩《かさ》む生き物やからなぁ」

「まるでアンタみたいじゃない」

「なんぞ言うたかこのクラース亜種《あしゅ》」

「一緒《いっしょ》にしないで欲しいわね、この残飯バケツ。アタシにヒィヒィ言わされたいのかしら？」

「どっちも迷惑《めいわく》な古代の遺物じゃないですか。静かにしててくれません?」

睨み合いに発展したグーラとルクセリアを、ラピスがばっさりと切って捨てる。

思わず顔を見合わせた後、しょんぼりとした雰囲気を醸《かも》し出し始めた二人の邪神《じゃしん》を捨て置いて、ラピスは視線を背後へと向けた。

そこにはアンジェ達《たち》と、背中にダウナを背負ったクラースがロレン達について歩いている。

「せめて背中に背負うのが女の子だったらな」

背負子《しょいこ》にダウナをくくりつけ、背負っているクラースがそんなぼやきを漏《も》らしている。

「ダウナさんが女の子だったら絶対貴方《あなた》には触《ふ》れさせないですよ。戦が終わったらデキちゃってたなんて聞きたくないですからね」

ラピスの冷たい視線に晒されても、クラースは人の良さそうな笑顔《えがお》を見せるばかりで、どこにも堪《こた》えた様子がない。

よほど面の皮が分厚いのだろうと呆《あき》れたラピスは、クラースを睨むのを止めて隣《となり》を歩いているロレンの方へと視線を戻す。

「陣容が知らされてねぇのは、知らせる必要がねぇと団長が判断したんだろうな」

「知らされていても、できることは少なそうですしね」

ラピスやグーラ達がその気になったのであれば、できることが少ないなどという言葉が出てくるわけもないのだが、人の目が多数ある場所で自らの素性《すじよう》を明かすような真似ができるわけがない。

そうなってくるとできることは一般的《いっぱんてき》常識に照らし合わせた程度のことになり、一介の神官にできることなどそう多くはない、といった考え方になる。

「冒険者をそこまで信用できねぇってのもあんだろうな」

「それがロレンさんでも、ですか？」

「俺《おれ》だけなら話は別なのかもしれねぇが。今の俺はその他大勢の中の一人でしかねぇからな。俺だけって訳にゃいかねぇだろ」

特別扱いというものは、周囲に要《い》らぬ軋轢《あつれき》を生みかねない。

そう考えると昨日、ユーリに天幕を用意してもらったというのも少しばかり軽率《けいそつ》な行動だったのかもしれないと思うロレンなのだが、不安要素はできるだけ抱《かか》え込まないに限る。

「何かあっても知らなきゃ答えられねぇってのもあるんだろうけどな。まぁ俺達の仕事は単純なもんだ」

ロレンが言う通り、戦争そのものは帝国軍の兵士達や将軍であるユーリ達に任せておけばいい話であった。

ロレン達がしなければならないことは、まずは生き残ること。

そして戦闘の最中に憤怒の邪神が出た場合は、それに対応することの二つだけである。

「最悪逃げても構わねぇときてる。邪神さえ来なきゃ楽なもんだ」

「傭兵《ようへい》だったときと同じだからですか？」

興味を引かれて尋《たず》ねたラピスにロレンは首を左右に振ってみせた。

「傭兵だとな。逃げられねぇ場合ってのがある」

「お金で動く傭兵さんが、逃げられない場合があるのですか？」

「正確には、逃げられねぇようにされてる場合だな。捨て駒扱《ごまあつか》いで逃げ道《みち》がねぇ場合ってのが時たまありやがるんだ。なんせ、金さえ積めばどこからか湧《わ》いてくるのが傭兵ってやつだからな」

正規兵というのは育成するのにも養うのにも結構な費用と年月がかかる。

それに比べて傭兵は、質の優劣《ゆうれつ》の幅《はば》は大きいものの、ロレンが言うように金さえ積んでおけば調達するのに苦労がない。

その上、傭兵側に被害《ひがい》が出たとしてもそれは自己責任と片付けられてしまうし、兵士のように常時抱えておく必要がないとくれば、使い捨て気分で扱われるというのも納得《なっとく》のできる話ではあった。

「俺も何度か経験してるが、ありゃ最悪だ。敵軍か自軍かのどっちかを抜けなきゃならねぇからな」

「今回は将軍が団長さんですから、そういう心配はなさそうですね」

「まぁ団長に限って、そんなことはしねぇと思うが」

そんな会話を交《か》わしながら、帝国軍と共に移動したロレン達はやがてユーリが王国軍との戦場として選んだらしい平原へと到着《とうちゃく》する。

すぐさま陣地を構築しだす帝国軍兵士達の様子をなんとなく眺《なが》めながらラピスはふと疑問に思ったことを口にした。

「帝国軍が先に到着して陣地を作ってますけど、ここに王国軍が来るという保証はどこにもないんじゃないですか？」

「なんか仕掛《しか》けてたんだろ。団長のことだから」

「私が直々にここに出張ってくるという情報を王国軍に流しただけだがの」

なんとなくといった感じで答えたロレンの言葉に、被《かぶ》せるように答えたのはユーリ本人であった。

どこから現れたんだと驚くロレンの横で、同じく驚いたらしいラピスがまるでいたずらが成功した子供のように笑顔を見せるユーリを見ながらぶつぶつと呟《つぶや》く。

「この私が？　ただの人間相手に？　無条件で背後を取られた？　そんな馬鹿《ばか》な……でも、声をかけられるまで気がつかなかったのは事実ですし……」

「団長の所在地をバラすだけで、王国軍がやってくんのか？」

結構衝撃を受けたらしく、呆然とした顔で呟き続けているラピスをそっと自分の背中に隠《かく》しながらロレンが尋ねると、ユーリは黙《だま》って平原のかなたを指差す。

その指の先へとロレンが視線を巡《めぐ》らせれば、薄暗《うすぐら》い平原の向こう側に集まりつつある無数の人影《ひとかげ》が見えて、何を言っていいやら分からないままに肩をすくめた。

「さすが団長」

「仕掛けて仕損じなし、だの」

得意げな顔をするユーリに対してロレンは降参だとばかりに両手を軽く上げながら茶化《ちゃか》すような口調で言った。

「なら、例の魔術師ってのが出てくるタイミングも読み切ってみせてくれよ」

「そいつは至難だの」

腕組《うでぐ》みしながらユーリは低く唸《うな》る。

一軍を預かっている将軍が、こんなところで油を売っていていいものなのだろうかと思うロレンを余所《よそ》に、しばらく敵軍の方向を見ていたユーリはやがて頭《かぶり》を振《ふ》りながらくるりと背を向けた。

「間違いないのは、劣勢《れっせい》になったときに劣勢になった場所へと投入されるだろうということだけでの。戦は水物。いつその瞬間《しゅんかん》が訪《おとず》れるかは私にも分かりはせん。そこまで分かる才が私にあれば……」

そこまで口にして、ユーリは何か思い出したかのように急に口を噤《つぐ》んだ。

その急な態度の変化に何かあったのかと問いただそうとしたロレンだったのだが、ロレンが口を開く前にユーリの近くに何人かの兵士が駆《か》け寄ってくる。

「将軍！　開戦前に何をしておられるのですか！」

「皆様《みなさま》、将軍を捜《さが》しておられましたよ！」

「おぉこれはすまんの。それでは戻るとするか」

兵士達に囲まれて、逃げられないようにされながら連れていかれるユーリの姿は、一軍の将軍というにはやや扱いが雑なようにも見えた。

しかしながら、戦争が始まる直前だというのにうろうろしているユーリの行動は、兵士達を困らせる代物《しろもの》であり、帝国軍の兵士達も大変だなとロレンは思ってしまう。

「ロレンよ！　とにかくその件については任せた！　こちらはこちらで戦争に勝つべく、事態を進めるから、後はよろしくの！」

「いいからさっさと戻ってやれよ。上の連中が気ぃ揉《も》むじゃねぇか」

兵士達の囲いの中から、声を上げるユーリに犬でも追《お》い払《はら》うかのように手を振りながらロレンはユーリを見送る。

やがてその姿が見えなくなると、ロレンは小さく鼻を鳴らしながら平原の向こう側に位置取っている王国軍の方を見た。

「全く。用意周到《よういしゅうとう》なんだか抜けてやがんだか……」

「用意周到、なのだと思いますけれど」

王国軍の動きを、この場に引き込むような仕掛けをする一方で兵士達に捕《つか》まって連《つ》れ戻されるユーリの姿はどこか滑稽《こっけい》であり、呆れたような声を出したロレンだったのだが、そこに平坦《へいたん》な声で突っ込みを入れたのはラピスである。

ロレンと同じように王国軍の方を見ながら、ぼそりと放たれたその言葉を危《あや》うく聞《き》き逃すところだったロレンは、ラピスが何を言いたいのか少し考えてから尋ねた。

「何がどこまでだ?」

「ロレンさんとの会話を切り上げて、兵士に連れて行かれるところまで、です」

さらりとラピスに言われて、そうなのかと流しかけたロレンだったのだが、その意味するところを遅《おく》ればせながら理解するとやや強張《こわば》ったような顔でラピスを見る。

「冗談《じょうだん》だろ？」

「だとすれば、あまり面白《おもしろ》くない類《たぐい》の冗談ですね」

否定しないところとその口調から、ラピスが冗談を言っているわけではないということを悟《さと》ってロレンは再び、ユーリの姿が消えていった方向へ目を向けてしまう。

ユーリが軍の首脳部からどのようにして抜けてきたのかについては、いくら考えても分からない話ではあったのだが、それに加えてロレン達との話を切り上げるタイミングを作るために、自分を呼びに来る兵士達を用意したうえで会話をしていたのだとすれば、どれだけ慎重《しんちょう》で用意周到なのかと、そちらの方向で呆れてしまうような話だった。

「あのおじさん、まるで食えません。私達の中にもそうそういないタイプですよ」

「ラピスなんかからそういう評価をされりゃ、喜びそうだけどな、団長」

魔族から食えないと評価されれば、それはユーリのような立場の人間からしてみれば、間違いなく褒め言葉であろう。

もっともロレンはユーリが相手でも、ラピスの素性について話すつもりは全くないので、現状では単に知識の神の神官からの評価ということになるが、もしかすればそれでもユーリは喜ぶのではないかとロレンは思ってしまう。

「ロレンさん、いちおう突っ込んでおきますが。知識の神の神官というのは、食えない人の代名詞ではないですからね」

「お前いつから俺の頭の中が読めるようになった？」

「表情から筒抜《つつぬ》けなんですよ……」

ラピスにそう言われてロレンは思わず自分の顔を両手で包《つつ》み隠してしまう。

その反応に思わず笑ってしまったラピスなのだが、すぐに戦場に立ち込める雰囲気と、流れてくる風に混じる鉄の匂《にお》いに表情を引《ひ》き締《し》めるのであった。


そして戦が始まる。

大規模な軍同士の戦いにおいて、まず口火を切るのは弓兵だ。

矢面《やおもて》に立つのは歩兵の部隊であるのだが、彼《かれ》らが槍《やり》や盾《たて》を構えてじりじりと前進していくところへ頭上から雨あられと矢を降り注がせ、敵の前進を阻《はば》もうとする。

その大半は外れたり、頭上に掲《かか》げた盾に防がれたりしてしまうのだが、中には運の悪い者もいて、たまたま命中の軌道《きどう》を描《えが》いた矢が盾に防がれることなく届いてしまう場合があり、その矢を受けた兵士は悲鳴や絶叫《ぜっきょう》と共にその場に倒れていく。

歩兵部隊と行動を共にしている冒険者《ぼうけんしゃ》の中にはもちろん魔術師《まじゅつし》がいて、矢避《やよ》けの魔術を行使し仲間を守ったりもしているが、その魔術《まじゅつ》の効果は戦場の広さに比べれば頼《たよ》りないと言わざるを得ないほどの範囲《はんい》しかカバーしてくれない。

帝国軍と王国軍との距離《きょり》が縮まっていけば、飛んでくる矢の中に投石が交じる。

地面に落ちている石ころを歩兵が拾って敵軍へと投げつけているのだが、かかる費用に比べて効果が大きいのが投石という攻撃方法だ。

「地味ですね」

矢やら石やらが飛び交う戦場にあって、ラピスが呟く。

その隣ではロレンが、大剣《たいけん》の腹を使って自分やラピスに当たりそうなものを弾《はじ》いていたのだが、ラピスの呟きを聞いて顔を顰《しか》めた。

「敵味方双方《そうほう》に、魔術で攻撃できるような魔術師はいないんですか？」

「そりゃ王様やら皇帝《こうてい》様が出てくるような規模の戦にゃ、そういう魔術師も同行するかもしれねぇけどな」

魔術師という存在は、それほどありふれた存在ではない。

知識や技術を他の職よりも多く求められる魔術師は、それなりの教育を受けた者しかなることができないからだ。

武器や防具を身につければ、それなりに戦うことができる兵士達とは異なり、その育成には時間と資金がかかる。

しかもそうやって育てた魔術師がすぐに戦に通用するだけの魔術を行使できるかといえば、そんなことは決してなく、とてもではないが戦の前線に送り込めるわけがない。

「普通《ふつう》は本陣《ほんじん》の守りに何人か駆り出されてるくらいで、こんな前の方まで出てくることは滅多《めった》にねぇよ」

「冒険者の魔術師さんは来ているみたいですが？」

「まぁな。それにしたって矢避けの魔術を使って、ちょっとした攻撃《こうげき》魔術を使ったら、使用回数が尽《つ》きて後方に逃げるしかなくなんだろ」

冒険者になるような魔術師は、国に属している魔術師とは少々毛色が異なる。

本当に初歩の魔術を二つ三つ使える程度で魔術師を名乗っている彼らは、国に属している魔術師とは質があまりにも違《ちが》いすぎるのだ。

どちらも魔術師と名乗るので誤解されがちなのだが、軍において運用可能だと判断されるレベルの魔術師は、冒険者ならば黒鉄級以上白銀級並みの実力が求められる。

「嘘《うそ》か本当か知らねぇが、宮廷《きゅうてい》魔術師なんて称号《しょうごう》を受けてる奴《やつ》らは黄金級冒険者に匹敵する力を持っているって言うぜ。そんなもんがぽんぽん前線に送られてこられちゃ、俺らの身がもたねぇよ」

「そうなってきますと、私も神官としての働きに専念した方がよさそうですね」

ある程度、魔術による弾幕《だんまく》が張られるような戦いならば、それに紛《まぎ》れてこっそりと魔術を使ってもバレないだろうと考えていたラピスなのだが、現状から考えれば一つ魔術を使っただけでも悪目立ちしてしまうのは明らかであり、渋々《しぶしぶ》ラピスは魔術の使用を念頭から外す。

そんな暢気《のんき》な会話をロレンとラピスが交わしている周囲では、のほほんとした雰囲気《ふんいき》を醸し出しているグーラとルクセリアがおり、さらには戦場にいるということで張りつめた緊張感《きんちょう》を漂《ただよ》わせているクラース達一行がいるのだが、クラースの背中には相変わらず背負われているダウナがいるので、緊張感も台無しになっていた。

「あ、あの。ラピスさん？」

そんなクラース達の中からラピスに声をかけた者がいた。

魔術師のアンジェである。

「クラースが気にしてないみたいだから聞きそびれたんだけど。あのダウナって人。前に冒険者養成学校の……」

「人違いです」

皆《みな》まで言わせることなく、きっぱりと言い放ったラピスに一瞬鼻白んで言葉を途切《とぎ》れさせたアンジェだったのだが、すぐに気を取り直して尚言《なおい》い募《つの》る。

「そんなはずは……」

「人違いです。いいですか、貴方《あなた》の感じている既視感《きしかん》のようなものは勘違《かんちが》いです。貴方は以前にダウナさんに出会っていないですし、その素性を知っているわけもありません」

「え、ええ？」

戸惑《とまど》いの声を上げたアンジェの両肩《りょうかた》をしっかりと掴《つか》み、目と目を合わせた状態で少しずつ顔を近づけていくラピス。

「世の中には似ている人が三人はいるといいます。もしかするとダウナさんは貴方が以前に出会った誰《だれ》かに似ているかもしれませんが、別人なのです。いいですね？　分かりますね？　貴方の感じているそれは気のせいなのです」

「気の……せい」

「もしもクラースさんが同じようなことを口にしたのならば、貴方はその間違いを正さなくてはなりません。いいですか？　私に続いて復唱してください。〈それは貴方の勘違いです〉」

「それは……貴方の……勘違いです」

アンジェの声にどこか虚《うつ》ろな気配が交じったのを聞いて、ロレンがぎょっとした顔をしているのを視界の端《はし》に捉《とら》えつつ、ラピスは構わずに続けた。

「よろしい。気は晴れましたか？」

「うぇ⁉　あ？　えっと……はい。あたしいったい何を勘違いしてたんだろう」

首を捻《ひね》りながらクラースのところへと戻っていくアンジェの背中を見送りつつ、ロレンは隣でにこにこと手を振っているラピスへ淡々《たんたん》とした声で尋ねた。

「お前、洗脳とかできんのかよ」

「なんのことだか分かりません」

「俺に使ってねぇだろうな？」

「使っていたらこんなに苦労してません」

疑わしげな視線を向けてくるロレンへ、ラピスは溜息交じりに答えた。

「ロレンさんくらい我の強い方には使えない程度のお遊びです。だいたいロレンさんに通用し、かつ私がそんなものを使う気なら、今頃《いまごろ》ロレンさんはラピスたんしゅきしゅきーあいしてるーって言ってますよ」

「お前、そういう趣味《しゅみ》が……」

思わずラピスから一歩体を離《はな》してしまうロレンへ、傷ついた表情をしながら上目づかいにラピスが告げる。

「もののたとえ、です。そんなロレンさん、私だって嫌ですよ」

この話題はこのまま続けるには危険そうだと、ロレンはまた飛んできた矢を大剣の腹で弾きながら考える。

そうこうしている間に両軍の距離は縮まっていき、今度は前線の兵士同士が槍の間合いで戦闘《せんとう》を開始し始めた。

兵士達が持たされている槍はかなりの長さなのだが、これを兵士達は突き出《だ》すだけではなく、振り上《あ》げて叩《たた》き付《つ》けたりすることで敵の槍衾《やりぶすま》を排除《はいじょ》しようとするのだが、敵も同じく穂先《ほさき》を突き出したり振り上げて叩き付けたりしてくる。

がちゃがちゃと音が鳴《な》り響《ひび》き、ここでも運悪く敵の穂先に刺《さ》されたり、槍を叩き付けられることで昏倒《こんとう》したりして、ばたばたと兵士達が倒れていく。

「そろそろ仕事の時間だな。ちっと切り込んでくるぜ」

戦線のあちこちに、両軍共に綻《ほころ》びが出始めている。

それがもっと大きくなれば歩兵同士の近接戦闘が開始され、さらには状況《じょうきょう》に応じて他の兵種が戦場に投入されることになるのだ。

騎兵《きへい》が投入されるようになると歩兵としてはあまり面白い状況ではなくなる。

そうなる前にいくらかでも戦果を挙げておこうと考えたロレンは、大剣の柄《つか》を両手で握りしめながら、兵士達の間を縫《ぬ》うようにして前線へと駆け出した。

少し前に出れば、そこは既《すで》に槍の穂先がぶつかり合うような空間である。

ロレンと同じことを考えたのか、何人かの冒険者らしき者達が兵士達の間を抜けて敵軍へと切りかかろうとし、幸運な何人かは槍衾の間を抜けてそれを成《な》し遂《と》げ、不運な何人かはカウンター気味に突き出された槍の穂先に貫《つらぬ》かれ、さらに不運な者はそこで命を失う。

そんな中でロレンは、肩《かた》に担《かつ》いだ大剣を突き出される無数の槍の穂先目がけて力任せに振り抜いた。

その一撃《いちげき》だけで、王国軍の槍がまるで小枝か何かのようにいとも容易《たやす》く圧《へ》し折《お》られ、何人かの王国軍兵士は槍を打たれた衝撃《しょうげき》で体が泳いでしまう。

そこへロレンが返す刀で大剣を振るえば、数人の王国軍兵士が胴体《どうたい》を真っ二つに切られて、力を失った下半身はその場に崩《くず》れ、上半身は何かの冗談のようにくるくると宙を舞《ま》った。

「なんだこいつっ⁉」

「ひ、人が紙切れみてぇに……」

たじろぐ王国軍の兵士達目がけてロレンはさらに踏《ふ》み込む。

常人離れした腕力《わんりょく》が、尋常《じんじょう》ではない大きさの大剣を無造作に横薙《よこな》ぎにすれば、その一撃だけでさらに数人の王国軍兵士が胴体を真っ二つにされて先に逝《い》った者達《たち》を追うことになった。

「あんな馬鹿《ばか》でけぇ得物を軽々と……」

「盾をかざせ！　いいように振り回《まわ》させるな！」

ロレンが扱《あつか》うような巨大《きよだい》な武器は、力任せに振り回し、振った力と重さで威力《いりよく》が増す。

それを止めることができれば、再度振り回すのには相当な力と時間がかかるはずで、王国軍の兵士達はすぐにロレンの一撃に対して盾を構える。

その対処法は通常の話であれば通じたのかもしれない。

しかし、彼らの目の前にいるのはロレンであり、その手に握《にぎ》られている大剣《たいけん》は元々魔王《まおう》が使っていたというういわくつきの一品である。

「うざってぇなぁ！」

待ち構えられているのも気にせずに、ロレンはさらに大剣を振るう。

その刃がほんの少しだけ光を帯びたかと思えば、その攻撃を受け止めようとしていた兵士が盾ごとその体を横一文字に真っ二つにされる。

唖然《あぜん》としてしまった王国軍兵士の胴体がさらに三つ四つと続けざまに断《た》ち切られるのを見て、誰かが呟いた。

「魔剣だ……こいつ魔剣を持ってるぞ！」

その一言が波のように王国軍兵士達の間に伝わると、すぐさまロレンの周囲が大騒《おおさわ》ぎになった。

「盾ごと鎧《よろい》を着た人間をぶった切る魔剣って、どんなだよ⁉」

「おい、あいつから離れろ！　あの刃の届く距離にいたら皆殺《みなごろ》しにされるぞ！」

「どけ！　どいてくれ！　俺をここから逃《に》げさせろ！」

「馬鹿野郎《ばかやろう》、押《お》すんじゃねぇよ！」

「騎兵《きへい》を呼べ！　騎士達を呼べ！」

悲鳴やら怒号《どごう》やらが飛び交い、少しでもロレンから距離を取ろうと王国軍の兵士達が恐慌《きょうこう》状態に陥《おちい》った。

手にしていた武器を取り落とし、我先に逃げ出そうとロレンに対して背中を向ける様子を眺めながら、ロレンは肩を竦《すく》める。

「意気地《いくじ》のねぇことだな」

〈私としてはあちらの兵士さん達の気持ちも分かるような気がしますが〉

ぼやくロレンにシェーナが答える。

鍛《きた》え上げられた巨体から放たれる防御《ぼうぎょ》不能の一撃を持つ兵士。

そんな者と戦場で出会ってしまったのならば、普通の兵士なら逃げの一手しかないだろうとシェーナは考える。

「敵の戦列が崩れたぞ！」

「押し込め！　敵を逃がすな！」

ロレンが崩した一角を好機と捉えた帝国軍がここぞとばかりに前へ出る。

ロレンの戦いぶりに恐《おそ》れをなし、逃げ出している王国軍は迎撃《げいげき》することもできず、ロレンが崩した場所から帝国軍に突っ込まれ、背中から突き刺されたり切られたりしてばたばたと戦場に屍《しかばね》を晒す。

瓦解《がかい》してしまった戦列とは随分《ずいぶん》と脆《もろ》いものだと思いながらもロレンは気を緩《ゆる》めない。

まだ憤怒《ふんぬ》の邪神の姿を見ていないということもあったが、誰かが騎兵を呼ぶように指示していたのが耳に届いていたせいだ。

「騎兵はめんどくせぇけどな。足が速ぇしよ」

そう言いながらもロレンは退こうとはせずに、さらに前へと歩を進める。

いくらロレンの力が強く、その体力が尋常ではなかったとしても盾やら鎧やらごと十人近い兵士を切ればそれなりに消耗《しょうもう》しているはずで、しかも少しだけではあるのだが大剣の力も使ってしまっている。

それが分かっているからこそシェーナはさらに前進しようとしているロレンを止めることなく、周囲でまだ息のある王国軍兵士からそっとエナジードレインで生命力を奪《うば》い、ロレンの体力へと変換《へんかん》する作業を始めるのであった。

第八章　転戦から怠惰へ

変化が起きたのは、ロレンが敵陣《てきじん》へと突《つ》っ込んでからしばらく経《た》ったときのことであった。

相変わらず敵兵を、右へ左へと大剣を振《ふ》り回しては肉へと変えていくロレンの姿を、その後ろからにこにこと笑いながら見守っていたラピスは、ふと視線を遠くへと向けると、切りはしたものの、仕留め損《そこ》ねた敵兵に大剣を突き立ててトドメを刺しているロレンへ声をかける。

「ロレンさん、あれ見てください」

言われて視線を上げたロレンは、周囲に転がる敵兵の死体が妙《みょう》に少ないことに気がついて首を捻り、少しばかり離れたところで何か妙に満足げな表情をしているグーラの姿を見て、自分の周囲で何が起きていたのかを察したのだが、そんなロレンの肩にラピスは手をかけるとグーラのいる方向とは真逆の方向へロレンを振り向かせる。

「そっちじゃありません、こっちです」

「何があるってんだ……こちとら敵兵切るのに忙《いそが》しいってのに……」

切り倒《たお》す必要がある敵兵は、まだまだ沢山《たくさん》残っている。

いくらロレンが頑張《がんば》って敵兵を倒し続けていたとしても、切り尽くせない数の敵兵が周囲にはおり、自分と関係ない戦場の様子まで気にしている余裕《よゆう》はないと考えつつも、ラピスに引っ張られるがままに視線を向けたロレンは、自分達《たち》からかなり離れた場所で天を衝《つ》かんばかりに立ち上がる火柱の姿を見て、しばらく惚《ほう》けてしまった。

「ときにロレンさん。私達がここに何をしに来ているのか覚えていますか？」

「あぁ……そういやそんな話もあったっけな。久々の戦場で忘れてた」

「あれが何を意味しているかについては？」

「憤怒の邪神が出たってことか？　まったく面倒《めんどう》でしょうがねぇな。ここからあっちまで移動しなくちゃならねぇのか」

火柱が上がったと思われる場所は、ロレン達から結構離れた場所であった。

ロレンはその場所と自分の位置、そして帝国軍の様子から火柱が上がっているのが本陣付近ではないことを確認《かくにん》すると、面倒そうにぼやく。

「なんでまたあんなとこに出やがった？　戦力から考えりゃこっちに出ても良かったんじゃねぇのか？」

「ロレンさん、それを狙《ねら》ってましたもんね」

ラピスが笑《え》みを噛《か》み殺《ころ》しながらそんなことを言うと、ロレンは口ごもる。

戦いが始まる前に、ロレンはユーリから憤怒の邪神が出てくるのは王国軍の劣勢になった場所であろうという予想を聞いていた。

ならば、劣勢な部分というものを作り出せば、そこに憤怒の邪神が現れるのではないか、と考えたのである。

別段、憤怒の邪神と出会いたかったわけではなく、本陣にいるユーリのところに間違《まちが》って出ないようにするため、ではあったのだがラピスにはその辺の意図も含《ふく》めて、ばれてしまっていたらしい。

「ならなんで、あんなとこに出たか分かるか？」

「簡単です。ロレンさんやグーラさん達、それにクラースさん達が頑張り過ぎてしまって、こちらに王国軍の戦力が集中し過ぎてしまったんですよ。余所が手薄《てうす》になったせいで、そちらが先に劣勢に」

「何してんだ王国は？」

「それは私に言われましても」

周囲を見回せば、確かにグーラやルクセリアが王国軍の兵士達をほとんど蹂躙《じゅうりん》するような勢いで倒しており、クラースも背中にダウナを背負ったままというあまり恰好《かっこう》のつかない状態でも、確実に一人ずつ敵兵を屠《ほふ》っている。

アンジェ達もそれを援護《えんご》する形で敵兵と渡《わた》り合《あ》っているのだが、周囲にいる兵士達が減ったようには見えない。

つまりはそれだけの兵士が別の場所から集中しているということで、その分兵士を抜《ぬ》かれた余所がロレン達がいる場所よりも早く劣勢に陥ったのだ。

「とにかくここを移動しねぇと」

憤怒の邪神に対抗《たいこう》するためにつれてきた怠惰の邪神は、クラースの背中に背負われたまま、戦《いくさ》の最中だというのにこっくりこっくりと舟を漕《こ》いでいた。

ロレンが見る限り、たまに飛んできた矢やクラースの背後から切りかかってきた兵士の槍や剣が当たっているように見えたのだが、ダウナ本人にも背負っているクラースにも傷が入ったような形跡《けいせき》はない。

「クラース！　ここの囲みを突破《とっぱ》できるか！」

「ボクではちょっと厳しいようだ！　背中のこれを下ろしていいならなんとかするけれど、そうでないならそっちでなんとかして欲《ほ》しい！」

クラースはロレンのような力任せに相手の防御ごと断ち切るような戦い方ではなく、相手の隙《すき》や防具の隙間を狙って傷を入れ、相手の戦闘能力を奪うような戦い方をしている。

そんな戦い方をしているものだから、囲みを突破する場合もロレンのように強引《ごういん》に外に出るようなことができないところへ、ダウナ一人分の重さを背負っているものだから、とてもではないが敵兵の囲いを突破できそうにない。

「俺が働くしかねぇか」

今の囲いを破ったところで、その先もまた火柱が立っているであろう地点まで移動するには、敵軍と自軍とが戦闘を繰《く》り広《ひろ》げているところを抜けていかなければならない。

ならば先頭に立ち、露払《つゆはら》いをするのは自分の仕事であろうとロレンは大剣を振り、また数人の兵士を切り倒すと大声を上げた。

「クラース！　移動する！　俺の後について来い！」

「分かった！」

クラースが応答したのを確認してから、ロレンは火柱が上がった方向へとその足を向ける。

呼ばれなかったことにいささか不満を覚えつつもその後をラピスが追い、クラース達《たち》をせきたてるようにして殿《しんがり》をグーラとルクセリアが受け持つ。

ロレン達が移動を開始したその頃《ころ》、帝国軍《ていこくぐん》の一角は大混乱に陥っていた。

帝国軍の一部が冒険者達《ぼうけんしゃ》と共に王国軍へと深く切り込み、そこへ王国軍の戦力が集中したせいで、かなり楽な戦いをすることができていた帝国軍だったのだが、そこに突如《とつじょ》として現れた一人の少女の存在がそれまでの戦いを一瞬《いっしゅん》でひっくり返してしまったのだ。

「ったく、こんなとこにまで駆り出されて。いたいけな美少女をなんだと思ってやがるんだ、まったく」

真紅《しんく》のマントを翻《ひるがえ》し、さらりと金髪《きんぱつ》を流した見た目だけならば確かに可憐《かれん》な少女ながら、その口から出てくる言葉は可愛《かわい》らしい声とは違って妙に荒《あら》っぽい。

そして、特に燃えるものも見えないというのに真っ赤な炎《ほのお》が少女を取り囲むかのように腰《こし》くらいの高さで燃え盛っている。

その炎の輪の外側では、何人ものおそらく人であったのだろうものが、炎の中でもがきながら速《すみ》やかに黒く硬《かた》い炭へと変えられていく真っ最中であった。

そんな光景を取り巻くようにして帝国軍と王国軍とが輪になっているような状態の中心で、憤怒の邪神《じゃしん》であるレイスはイラついた表情で帝国軍を睨《にら》む。

「こないだの大男といい、前の優男《やさおとこ》といい、どうにも帝国軍ってのは俺様をムカつかせてくれるな。大人しく灰になってろってんだ」

「こ、こいつが……こいつが王国軍の炎を操《あやつ》る魔術師か」

そう漏《も》らした帝国軍の兵士は、レイスの一瞥《いちべつ》で人間松明《たいまつ》へと変じる。

絶叫を上げながら炎を消そうと地面を転がったのだが、まるで消えることのない炎はそのまま兵士の全身を包み込み、こちらもまた一つの黒く硬い物へと変わっていく。

「誰が魔術師だ、誰が。俺様《おれさま》をそんなのと一緒《いっしょ》くたにするんじゃねぇよ」

「お、おまえ！　王国軍の者だろう!?　さっきの一撃《いちげき》にどれだけ味方を巻き込んだと思ってるんだ!?　それでもおまえは……」

「うるせぇ、しゃべるな」

どうやらレイスは、この場所に現れたときに帝国軍だけでなく王国軍の兵士までまとめて焼《や》き払ってしまったらしい。

そのことを責めようとした王国軍の兵士が、こちらもレイスの一睨みで先ほどの帝国軍兵士と同じ末路を辿《たど》らされる。

「俺様の仕事は、俺様にとって邪魔《じゃま》なものを焼き払うだけだ。帝国軍なら追いかける。王国軍なら追いかけない。巻き込まれて死にたくないなら俺様の視界から消えやがれ！」

見た目だけならば兵士達と比べてかなり年下に見えるであろう少女の恫喝《どうかつ》に、王国軍の兵士達は顔色を失って慌《あわ》てて後退し始める。

そこを追いかけようと前進しかけた帝国軍の前にはレイスが立ちはだかった。

「仕事を増やすんじゃねぇよ！」

武器を構えて前進しかけていた帝国軍の前に真紅の壁《かべ》が立ちはだかる。

慌てて足を止めるも時は既に遅《おそ》く、レイスの腕《うで》の一振《ひとふ》りで炎が津波《つなみ》のように帝国軍へと押し寄《よ》せると数十人からの兵士をまとめて飲み込んでしまった。

すぐさま人の肉が焼けるにおいと、焼かれる兵士達の悲鳴が辺りに響き渡り、それらを感じ取りながらもつまらなそうに鼻を鳴らしたレイスへ、炎の津波に飲み込まれなかった帝国軍兵士達が反撃を試みる。

「近寄るな！　遠くから攻撃《こうげき》しろ！」

「普通の弓矢じゃ通じるわけがない！　クロスボウ持って来い！」

木製のものではすぐに焼かれるだろうからと、兵士達は即座《そくざ》にレイスへの攻撃をクロスボウによる鉄製の弾《ボルト》にすることを選択《せんたく》した。

すぐさま用意されたクロスボウに弾《ボルト》が装填《そうてん》され、数人の兵士が膝撃《ひざう》ちの体勢からレイスを狙う。

「ちっとは考えてるようだが、つまんねーことするな」

対するレイスはその場から動こうともしない。

ただ酷《ひど》くつまらないものを見る目で、クロスボウを構えている兵士達を見つめるだけであった。

「構うな！　撃《う》ち殺せ！」

号令の下に数発の弾《ボルト》がクロスボウから放たれる。

それらはいずれもレイスの小さな体に対して、命中する軌道を描いており、帝国軍はそれだけでレイスを仕留められるとは思わないまでも、無傷というわけにはいかないだろうと考えた。

だが、それらの弾《ボルト》はレイスよりかなり手前で不自然に軌道を曲げられると、レイスの体を掠《かす》めることすらなく飛び去ってしまう。

「何が起きた⁉　魔術か⁉」

「こんだけ炎が燃えてて、空気がうねってる状態で飛び道具がまともに当たるわけねぇじゃねぇか」

お返しとばかりにレイスが手を振れば、数条の炎が地面を走り、膝撃ち姿勢のままだった帝国軍の兵士の足下《あしもと》から体へと炎が走る。

ばたばたと倒れ、なんとか体に燃え移った炎を消そうと転げ回る帝国軍兵士達に向けてさらに追撃《ついげき》の炎を放ってトドメを刺したレイスは、それだけの惨状《さんじょう》を目の当《ま》たりにしながらもどうにかしてレイスに攻撃を仕掛《しか》けようとしている帝国軍を見て、凶悪《きょうあく》な笑みを浮《う》かべた。

「根性《こんじょう》だけは座《すわ》ってるようでいいじゃねぇか。俺様のウサ晴らしに付き合ってくれるってんなら、景気よくみんな、ぱっと燃やして灰にしてやろうじゃねぇか！」

見た目からは想像もできない凶悪な物言いに、帝国軍に緊張が走る。

竦んでしまったかのように動きが止まった帝国軍に対して、顔に浮かべた笑みはそのままにレイスが前へと足を踏み出そうとしたそのとき、その不意をつくようにしてどこから飛来した二本のナイフがレイスの側頭部を襲《おそ》ったのであった。


「くそっ！　決まったと思ったのに防ぎやがった」

レイスの頭めがけて短剣《たんけん》を、一本ではなく用意周到に二本も投げつけたのはその場に駆けつけたロレンであった。

投げた短剣は自前のものではなく、近くにいた帝国軍の兵士が予備として腰に吊《つ》るしていたものを拝借したものであり、掏《す》られたと知った兵士が二人、驚《おどろ》いた顔で投擲《とうてき》を終えた姿勢のロレンを凝視《ぎょうし》している。

「お前かよ。羽虫みたいにウザったい奴だな」

ロレンが投げつけた短剣は確かに命中する軌道を描いており、炎のあおりにも負けることなくレイスの側頭部に命中したかのように見えたのだが、あらかじめレイスが自分の体に張《は》り巡《めぐ》らせていたらしい力場に弾かれて、地面に転がってしまっている。

その短剣の刃を忌々《いまいま》しげにレイスが踏みつけると、そこから炎が立ち上がり、短剣の刃が飴《あめ》か何かのように赤熱しながらあっけなく溶《と》け崩れた。

「大人しく灰になってやがれ！」

レイスが腕を振るえばそこから炎が迸《ほとばし》る。

ロレン自身はその炎を大剣の腹で防御し、砕《くだ》け散《ち》った炎が身に着けている防具の表面を滑《すべ》っていくだけで済んだのだが、ロレンの周囲にいた兵士達はひとたまりもない。

悲鳴を上げる暇《ひま》すらなく、立ち尽くしたまま生きる松明と化した兵士達を横目で見ながら、大剣を構えなおしてロレンはレイスに切りかかる。

とてもレイスのような小さな少女に振り下《お》ろしていいとは思えないほどの巨大な刃が、熱せられた大気と炎を切り裂《さ》いて迫《せま》ってくるのを見たレイスは、小さく舌打ちしながら回《かい》避《ひ》行動を取りつつ、ロレン目がけてさらに炎を放つ。

当たることのなかった大剣の刃を引き戻《もど》し、自分目がけて放たれた炎を切り散らすロレンなのだが、やはり散った炎の余波が露《あら》わになっている部分の皮膚《ひふ》を焼き、ちりちりとした痛みに顔を顰めつつもロレンはさらに大剣を振るう。

「この野郎《やろう》！　ちまちまと焼いたんじゃ焼き切れねぇか！」

「所構わず適当に、火ぃ放ってんじゃねぇよっ！」

いかにレイスが炎を操る邪神だといっても、周囲を無差別に焼き尽くすほどの規模の炎を出すには、いくらか溜《た》めの時間が必要ではないか、とロレンは考えていた。

だからこそその時間を与《あた》えまいと、攻撃する手を休めずにレイスを追《お》い詰《つ》めようとするのだが、ロレンの振るう大剣の刃は時たまレイスの衣服の端をわずかに捉えはするものの、小柄《こがら》さと軽量さを生かして逃げ回るレイスをしっかりと捉えることができずにいる。

「あ、この野郎！　スカートの端が千切れたじゃねぇか！　俺様の可愛らしさが減ったらどうしてくれんだ！」

「次から次へと人間燃やしてる時点で、可愛らしさなんざ皆無《かいむ》だから心配すんな！」

「俺様、可愛いだろうが!?」

「寝言《ねごと》は死んでから抜かせっ！」

いくらか傷ついたような表情で抗議《こうぎ》してくるレイスに、構わず攻撃を仕掛けながらロレンはなんとか自分の攻撃だけでレイスを仕留めるか、あるいは援軍《えんぐん》が来ないものかと考えている。

以前にレイスと対峙《たいじ》したときのことを、ロレンは忘れたわけではない。

そのときの経験からしてできればレイスと対峙することは避《さ》けたいロレンであったのだが、戦場を駆《か》け抜けるという行為《こうい》は戦場に慣れていないラピスやグーラ、あるいはクラース達には少々難しい話であったようで、いつの間にやらロレンは一人先行するような形になってしまっていたのである。

ならば誰かが到着《とうちゃく》するまで待っていればよかったのでは、という考えがなくもないのだが、帝国軍兵士を焼き殺しているレイスをそのまま放置しているわけにもいかず、仕方なく出てきてしまったというのが現状であった。

最初の短剣の投擲で、死んでくれればよかったのにと心の底から思うロレンなのだが、邪神が不意打ち一撃で死んでくれるような相手ではないことは、グーラやルクセリアを見ていれば嫌《いや》でも理解できてしまう。

「俺様の可愛らしさを否定するとか、ありえねぇだろ！」

ロレンの言葉に怒《いか》りを覚えたのか、目を吊り上げながら更《さら》なる炎を放とうとしたレイスだったのだが、その顔に真正面から何らかの衝撃が命中し、ふぎゃっと小さく可愛らしい悲鳴を上げながらレイスの体が真後ろに転がった。

それがおそらくは神官の扱う法術である〈気弾《フォース》〉であろうと察したロレンはその衝撃が

飛んできた方向を見ることなく声を上げる。

「ラピスか⁉」

「すみませんロレンさん。少々手間取りました」

応じた声はロレンの予想通りにラピスであった。

白い神官服を身にまとい、人目を引きつける容貌《ようぼう》をしている上に女性であるラピスは戦場でも目立つ存在であり、それだけに敵兵の注意を集めてしまったらしい。

その分だけロレンより現場に到着するのが遅《おく》れてしまったのだが、群がる敵兵をかき分けてきた割には、ラピスの衣服や手には血や土の汚《よご》れが見当たらなかった。

「大丈夫《だいじょうぶ》だったのか？」

「はい。この程度ならどうとでもなりますし、大概《たいがい》はグーラさん達に押し付けてきましたから問題ありません」

「クラース達は？」

「人を背負った優男に女性が三人もついて走ってると、私より目立ったみたいですね」

目の上に掌《てのひら》をかざして、自分が駆け抜けてきた方向を見るラピスであったのだが、そちらにクラース達の姿はまだ見えず、敵兵ばかりが群がっている。

きちんとエスコートしてくるべきだったかと軽く後悔《こうかい》するロレンは、自分を狙って放たれたレイスの火炎《かえん》を回避した。

「クラースだけでも連れて来られねぇか？　クラースっていうより背中のアレだが」

「クラースだとぉっ⁉」

ロレンがラピスに尋《たず》ねた言葉はレイスの耳にも入ってしまったらしい。

次に会ったら絶対に許さないというような捨て台詞を残したとレイラが言っていたことを証明するかのように、レイスの形相が怒りのそれに変わり、周囲で燃え盛っている炎の勢いが一段とその強さを増した。

失敗したかと内心でほぞをかむロレンであったが、ラピスは自分が駆け抜けてきた戦場の方をしばし見つめた後で、ロレンへ尋ね返す。

「連れてくるまで持ちます？」

「さて、どうだかなぁ」

牽制《けんせい》するように振った大剣《たいけん》をレイスは回避する。

怒りに火がついたような状態でも、ロレンの持つ武器が何やらやばいらしいということは理解しているようで不用意に突っ込んできたりはしない。

距離《きょり》を取りながら火炎を放つような戦い方を続けるレイスへ、ロレンの内部からシェーナがひっきりなしにエナジードレインを使っているのだが、その効果が出ているのかどうかは外見からはさっぱり分からず、果たしてラピスの助けなしにクラース達が到着するまで持ちこたえることができるだろうかとロレンは考える。

「お前らあいつの知り合いだったのかっ！」

「あんたが怒っている件については、あいつが全面的に悪い。そこに反論の余地はまるでねぇのは俺でも分かる。あんたを口説いた直後に、あいつが灰にされなかったのは俺にとってもちっとばかり残念な話だ」

「お前、ちょっとは話の分かる奴《やつ》だな」

クラースの行為を擁護《ようご》することなく、レイスの言い分を全面的に認めるロレンの反応にレイスの怒りはいくらか治まったようで、炎の勢いが多少弱まった。

それを見て取ったラピスは無言のまま、ロレンの肩を一つぽんと叩くと身を翻し、今しがた抜けてきた戦場に戻っていく。

「味方でも呼びに行ったか？　俺様相手に何か打開策でもあるのかよ」

「さてね。そいつは見てのお楽しみってやつだろう」

「というか、その援軍が来るまで俺様の前に立ってられると思うか？」

「そいつはやってみねぇと分からねぇな」

大剣を握る手に力を入れなおすロレンに対して、レイスは無造作に前へ出ようとした。

だが、その行為が果たされることはなかったのである。

何故《なぜ》なのかについてロレンはすぐには理解できなかったのだが、前へ出ようとしたレイスが何の前触《まえぶ》れもなくいきなりつんのめるように体勢を崩すと、見事といえるほどの勢いで前へと倒れ、顔面から地面に激突《げきとつ》したからだ。

何が起きたのかと目を見張るロレンは、倒れているレイスの足下で動いている小さな影《かげ》を見て、大体のことを理解した。

そこにいたのは、レイスの足を地面に自分が吐《は》き出した糸でもってがっちりと固定してしまっているニグの姿だったのである。

いつの間にそんなところに、と驚くやら呆《あき》れるやらのロレンの目の前でレイスを転ばせることに成功したニグは、何が起きているのか分からないまま混乱しているレイスの体によじ登ると、大量の糸を吐き出し始めたのだ。

蜘蛛《くも》の糸は燃える、とよく勘違いされるが実際蜘蛛の糸は焼き切られることはあっても燃え上がるようなことはない。

さらにレイスが混乱し、事態に反応できない状態の中でニグは吐き出した大量の糸を使って器用に、レイスの体をうつぶせの状態で梱包《こんぽう》してしまったのである。

遅ればせながらレイスが事態に気が付き、体から炎を発して蜘蛛の糸を焼き切ろうとし始めたのだが、強靭《きょうじん》さを持つニグの糸はそう易々《やすやす》と焼き切られることはなく、さらにニグはレイスの体に二重三重と何重にも糸を巻き付けて、やがて巨大な繭《まゆ》のようなものの内側にレイスを閉じ込めてしまうことに成功した。

してやったりとばかりに前脚《まえあし》を上げて、勝《か》ち誇《ほこ》るようなポーズをとったニグは一仕事終えたとばかりにロレンの足下から体をよじ登り、いつもの肩の位置にしがみつくと、そこでぴたりと動きを止める。

「こりゃ驚いた。すげぇなぁお前」

一度大剣を布で巻き、その切っ先を地面へと突き刺してから肩にしがみついているニグをロレンが撫《な》でてやるとニグは嬉《うれ》しそうに体を震《ふる》わせる。

そんなロレンの目の前にはロレンの腰の高さまであるような楕円形《だえんけい》の真っ白な繭が転がっており、中からは何やら喚《わめ》き声《ごえ》のようなものと、時折糸の隙間からちらちらと炎が姿を現したりしていた。

いったいニグの体のどこにそれだけの糸を吐き出せる何かが入っていたのかという疑問は覚えるものの、現実は目の前にある光景であり、これならばしばらくはレイスの動きを封《ふう》じてしまうことができるはずで、現状それだけ分かっていれば後のことはロレンにとっては比較的《ひかくてき》どうでもいい話である。

今のうちに大剣で突き刺してレイスを始末してはどうか、という考えが頭をもたげたりもしたのだが、下手に繭を傷つけてレイスの拘束《こうそく》を解くようなことになっては意味がないし、何よりニグの吐き出す糸は強靭で、一撃でレイスを仕留められるくらいに大剣を突き刺すことができる気がロレンはしなかった。

「出せーっ！　俺様をここから出せーっ！　くそっ、こんな糸なんか燃やして……熱っ⁉　糸が溶ける⁉　溶けた糸、熱っ！」

中から聞こえる悲鳴からして、レイスは内側から炎で繭を焼き、脱出《だっしゅつ》を図《はか》ろうとしているらしいのだが、炎に焙《あぶ》られたニグの糸が溶けて熱い液体となり、それが体にかかって大騒ぎをしているらしい。

一時的にとはいえ邪神の行動を阻害《そがい》することができてしまうニグの力に、体は小さく蜘蛛の姿をしていてもやはりそれなりに強力な魔物《まもの》なのだとロレンは改めて認識《にんしき》することになった。

「味方としちゃ心強ぇな。助かったぜ」

〈お兄さん、私も頑張りました！〉

「そうだな。シェーナの力にも助けられてる。俺だけじゃどうしようもなかったかもしれねぇからな」

声に出してロレンが礼を述べると、照れたような気配が伝わってくる。

そんなシェーナをなんとか元の人の体に戻してやりたいものだと思いながら、ロレンは周囲を見回し、レイスの炎によって敵も味方も逃げ出していて、自分の周囲が戦場の中にあって空白地帯のような状態にあるのを確認すると、地面に突き立てた大剣にもたれかかるようにして、しばしの休憩《きゅうけい》を取るのであった。


そこから待つことしばし。

ニグが作り出した繭の中ではレイスがひっきりなしに炎を放ち、繭を作り出しているニグの糸を溶かしているようで、糸の隙間からちらほらと炎の赤色が見えるようになり始めていた。

時々ニグがロレンの肩から繭へと飛び移り、補強のための糸を吐き出したりもしたのだが、それもさすがに在庫が尽《つ》きてしまったようで、疲《つか》れ果《は》てた雰囲気《ふんいき》を醸《かも》し出してロレンの肩から動かなくなってしまっている。

さらに炎を生み出していたレイスが繭の中に閉じ込められてしまったせいで、周囲に放たれていた炎が勢いを失い、それが敵味方の兵を再びロレンの周囲に呼び込むようなことになってしまっていた。

いつ繭の中からレイスが出てくるかと冷や冷やしつつもロレンは大剣《たいけん》を振るい、近づく敵兵をなぎ倒しながら、ラピスがクラース達を連れてくるのを待ち続けている。

「こりゃもう、あんまりもたねぇぞ」

ロレンがそんな弱音を漏らしたのは、一際《ひときわ》大きな炎が繭の隙間から噴《ふ》き上《あ》がったときであった。

人が通れるほどではないものの、腕くらいならば出すことができるのではないかと思われるくらいの裂け目《め》が繭の表面に現れ、そこから中にいるレイスの罵声《ばせい》が聞こえたのだ。

「畜生《ちくしょう》め！　俺様をこんな目に遭《あ》わせて、ただで灰にしてもらえると思うなよ！」

一瞬ロレンは迷った。

出来上がった裂け目の大きさからして、繭の厚さはもういくらもないはずであり、今ならば裂け目から大剣を突っ込んで中のレイスに致命的《ちめいてき》な一撃《いちげき》を与えられるかもしれない、と思ってしまったのである。

しかし、失敗すれば裂け目を大きくしてしまうだけであり、レイスが出てくるまでの時間が短縮されるだけの結果となり、事態は急激に悪化するだけでいいことが何一つない。

それでもと思い、大剣の柄《つか》を握る手に力を込めたとき、ようやく待ちわびていた声がロレンへとかけられた。

「すみませんロレンさん！　待たせましたか？」

「結構な。それでも間に合ったみてぇだ」

周囲にいる王国軍の兵士を蹴《け》り倒し、再び姿を現したのはラピスである。

その背後には長剣を操りながら近づく敵を切り払《はら》うクラースの姿と、それに付き従う三人の女性の姿もあった。

「ちゃんと背負って来てるか⁉」

「なんとか無事、というより彼《かれ》はいったいどういう人なんだ？　何発か背中にいいのをもらった気がするんだけど、全く傷ついた様子がないんだけど」

ロレンの問いかけに頷《うなず》いたり首を傾《かし》げたりしながらクラースが背中に背負っている男を地面へと下ろす。

怠惰の邪神を名乗るダウナは、クラースの背負っている背負子《しょいこ》からゆっくりと地面へと下り立つと、首をこきこきと鳴らしながら周囲の喧騒《けんそう》など目に入らないかのように軽い感じでロレンへと手を振る。

「いやぁ、待たせたかねぇ？」

「まぁまぁ待たされたが致命的ってほどじゃねぇ。そっちはどうでもいいんだが、本当にお前、こいつをどうにかできんのか？」

ダウナのところへ駆け寄りながら、ロレンはさらにあちこちに裂け目を作り、ちろちろと舌のような炎を噴き出し始めている繭を指さす。

ダウナはロレンが指さした物をしげしげと眺《なが》めてから、緊張《きんちよう》感など欠片《かけら》もない口調でこう尋ねた。

「俺にこの繭をどうしろと？」

「繭じゃねぇよ。中身だ。こいつの中にレイスが入ってる」

何をぼけたことを言っているんだとロレンはダウナに詰め寄りかけたのであるが、今しがたこの場に来たばかりのダウナからしてみれば、目の前に大きな繭が転がっているだけであり、中にレイスが入っているかどうかは分からないわけで、怒るのも何か違《ちが》うだろうかと足を止める。

その間にダウナが興味深そうに繭へと近寄り、何か調べようとでもしたのか繭へと顔を近づけた瞬間《しゆんかん》、繭が内側からはじけ飛ぶように割れた。

「ようやく出られた！　くそっ！　何なんだこの繭！　俺様の炎でも焼き切るのにこんなに手間取らせやがって！」

まるで繭から蝶《ちよう》が羽化《うか》したかのように、中から立ち上がったのはレイスである。

目を怒らせ、仁王《におう》立ちするその姿はニグの手によって繭の中に封じられる前とそれほど変わっていないかのように見えたのだが、クラースが思わずといった感じでぼそりと一言口に出してしまう。

「随分《ずいぶん》と、白濁塗《はくだくまみ》れだね。なんか……事後って感じ？」

言った本人は何げなしだったのだろうが、聞いたロレンはげんなりとした視線をクラースへと向け、その隣《となり》でラピスがぞっとするほど冷たい視線でクラースを睨みつける。

クラースの仲間であるアンジェ達は、いつものことであるのか大した反応を見せず、いくらか呆れた視線を向けるだけに留《とど》まったのだが、繭が爆《は》ぜ割れたことで数歩後方へと下がってしまったダウナはクラースの言葉を聞いて大笑いし始めた。

「事後か！　そうだねぇ、まったくその通りだねぇ！」

「笑うんじゃねぇっ！　繭の内側で糸を溶かしてりゃこんな風になっても仕方ねぇじゃねぇかっ！　俺様だって好きでこんな恰好してるわけじゃねぇんだ！」

歯をむき出しにして怒るレイスの姿は、確かにクラースが言ったような状態であった。

白濁、とはいってもクラースやダウナが想像しているようなものではなく、熱によって溶かされたニグの糸のなれの果てであるのだが、それがレイスの服や髪《かみ》、顔といったあちこちに塊《かたまり》になってべったりと張り付いてしまっていて、かなり悲惨《ひさん》な状態になっていたのである。

「熱いわべとべとするわで俺様の可愛らしさが半減じゃねぇか、くそったれ。野郎、絶対許さねぇぞ……ってクラース！　手前ぇそこにいたのか！」

体にこびりついてしまっているべとべとを、嫌そうな顔でなんとか引《ひ》き剥《は》がそうとしていたレイスは、自分を取り囲んでいる人影《ひとかげ》の中にクラースの姿を見て飛び出そうとし、繭の残骸《ざんがい》に足を取られてその場でよろめく。

溶けた糸の残骸は地面の上にわだかまっており、レイスはそれに足を取られてしまったのだが、そのおかげでいきなり襲われることのなかったクラースはそそくさとレイスから距離を取り、あろうことかロレンの陰《かげ》に隠《かく》れてしまう。

「こっち来るんじゃねぇ！」

「いやロレン、貴方《あなた》とボクの仲じゃないか。ここは助けると思って」

「どんな仲だ!?　あの件に関しちゃ手前ぇに弁解の余地なんざねぇぞ！」

自分の前へクラースを引き出そうとするロレンなのだが、クラースは〈増力〉の恩恵《おんけい》まで駆使《くし》しているのか、ロレンに力負けすることなくひたすら抵抗《ていこう》を続ける。

傍《はた》から見るとみっともなく組み合うロレンとクラース。

放っておかれる形になったレイスは、歯ぎしりしながらロレン達の方へと足を踏《ふ》み出そ

うとして、その近くでへらへらと笑っているダウナの姿に気が付いた。

「げぇっ⁉　ダウナ⁉」

「いやぁ久しぶりレイス。相変わらず暑苦しいねぇ」

そう答えながらダウナが一歩前へと出れば、その分だけレイスが後ろへ下がる。

その顔は明らかに引き攣《つ》っていて、誰《だれ》が見てもレイスがダウナという存在を恐《おそ》れているというほどではないものの苦手としているのだろうということが分かった。

「なんでお前がここに⁉」

「ちょっとそこのロレン君に頼《たの》まれてねぇ。面倒じゃああるんだが、君への対応をしに来たんだよねぇ」

「お前が⁉　よりにもよってお前が⁉」

「君の炎に対処できそうなのは、俺か本気の嫉妬《しっと》くらいじゃないかなぁ？　ロレン君の選択は間違ってないと思うけどねぇ」

「くっそ！」

小さく毒づいて、驚いたことにレイスはその場から逃走《とうそう》を図ろうとした。

しかしその試みが果たされることはなかったのである。

多少足元をニグの糸の残骸に邪魔されていようが、邪神と名乗る存在であるならば、本気を出せばそんなものなどものともせずにその場から逃《に》げ出すことができるはずであった。

しかし、レイスの足はロレン達《たち》から見ても本当にこれが邪神と名乗っている存在なのかと首を傾げてしまうほどに遅々《ちち》として進まなかったのだ。

「俺の権能は〈不動〉でねぇ。この権能は俺自身だけではなく、周囲にも影響《えいきょう》を与える類《たぐい》のものなんだなぁ」

「こ、この野郎！　こっちに来るな！」

意思に反して進まない足に、表情を歪《ゆが》めつつレイスはダウナへと炎を放った。

大気を焼きながら一直線にダウナへと向かった炎の筋は、しかしながらダウナへと届くことはなく、その勢いを減じると途中《とちゅう》でかき消されてしまう。

「生物、無機物も関係なくてねぇ。不思議なことに物ってぇのはその動きが遅くなっていくと、段々と温度が下がっていく」

怠惰《たいだ》の言葉を耳にしたロレンは、頭のどこかで警鐘《けいしょう》が鳴《な》り響《ひび》くのを感じていた。

自分が感じている危険がなんであるのか分からないままに、近くにいたクラースの襟首《えりくび》を掴《つか》むと、様子見をしているラピスやアンジェ達へ叫《さけ》ぶ。

「なんかやべぇぞ！　離《はな》れろ！」

そう叫びながら踏み出した足の動きが、自分が予想していたよりもずっと遅いものに変わっていることに気が付いてロレンは自分が感じている危機感の正体を理解した。

ダウナの意識がレイスに向いている分、自分達への影響は多少緩《ゆる》いものになっているようなのだが、どうやらダウナの権能は対象を選ぶようなものではなく、効果範囲《はんい》であるならばほぼ無差別にその効果を作用させる代物《しろもの》であるらしい。

「一度本気で起動させると自分でもちょっと制御《せいぎょ》ができなくてねぇ。まぁいいじゃないか。動く物など何一つない世界で、永遠に惰眠《だみん》をむさぼるなんて最高だと思わないかねぇ？」

妙《みょう》に耳に届くダウナの声に、肩越《かたご》しにロレンが背後を見れば足を完全に封じられたのか動くことができなくなっているレイスの近くで、ダウナがその顔を覗《のぞ》き込むように身をかがめているのが見えた。

もちろん、その周囲には王国軍の兵士達もいるのだがこちらはレイスよりもダウナの権能への抵抗力《ていこうりょく》が弱いせいなのか、まるで立ち並ぶ人形のように誰《だれ》一人としてぴくりとも動こうとしていない。

燃え盛っていた炎がその姿を消すと、その代わりのように地面や兵士達の体の表面がゆっくりと白い何かに覆《おお》われていくのを見て、ロレンの隣を走っていたラピスがその正体を呟《つぶや》いた。

「何もかも、凍《こお》りつき始めてます」

「急げ！　俺らも捕《つか》まったらそうなるぞ！」

ダウナが現れるまでは自信たっぷりに勝ち気な表情を見せていたレイスの顔が、遠目から見ても泣き顔へと変わっていくのがロレンには分かった。

その体はもはや指先一つとして動くことはなく、ダウナは優《やさ》しげな笑顔《えがお》と共にそんなレイスの頬《ほお》へそっとその掌を触《ふ》れさせる。

そこまで見たロレンは後は全力で逃《に》げるべきだろうと前を向き、何やら抗議の声を上げているクラースを引きずったまま走ることだけに専念した。

そんなロレンの耳に、ダウナの一言が届く。

「ゆっくりと眠《ねむ》るといい。あぁ羨《うらや》ましいねぇ。これこそが、完全なる怠惰だ」

背中に感じる猛烈《もうれつ》な冷気。

果たして自分達はあのダウナの権能の効果範囲外《はんいがい》へと逃げ切《き》れるのであろうか。

そんなことを考えつつ、ロレンは併走《へいそう》するラピスやアンジェ達と共に、ただ足を動かし前へと進むことだけに努めるのであった。

エピローグ　終戦から帰結する

ダウナがその権能をもってレイスを無力化してからほどなく、王国軍は帝国軍《ていこく》の攻勢《こうせい》の前に撤退《てったい》を余儀《よぎ》なくされることとなった。

元々、兵の質は帝国軍の方が上であったのだが、そこをレイスの力でもって埋《う》め合《あ》わせていた王国軍が、そのレイスを失った状態で帝国軍を防ぎ切ることができないのは当たり前のことであり、至極《しごく》当然の帰結であるといえる。

今回、ほぼ一方的に戦争を仕掛けられた形になっている帝国軍は、今更《いまさら》逃げても許さないとばかりにこれを追撃するべく、王国領内へと攻《せ》め込んでいたのだが、この戦いには冒険者達は参加していない。

冒険者達が参戦しているのは、あくまでも攻め込まれた帝国軍への協力という名目であって、これが攻勢に転じた時点で協力は終了《しゅうりょう》したものと判断されたせいであり、冒険者達はそれぞれがそれぞれで拠点《きょてん》としている街や村などへの帰還《きかん》を始めていた。

そんな中で、ロレン達はいまだに帝国軍が拠点としていた街に逗留《とうりゅう》している。

その理由の一つは、ユーリからロレンについての話を聞くということであった。

当の本人であるロレンはあまり気にしていないようだったのだが、ラピスがこれに興味を示し、ユーリ自身も話さないとは言っておらず戦争に一段落ついた時点で話を聞こうとしていたのだ。

しかし、これには失敗してしまっている。

「ユーリ将軍は王国軍追討の指揮を執《と》られており、現在前線の軍に同行されております」

留守を任されている兵士がロレン達にそう告げたとき、ラピスはしまったなという顔をしたのだが、既《すで》に後の祭り状態であった。

無理に話を聞こうとするならば、ユーリを追いかけて最前線へ向かうしかなく、そんなことをすれば否応《いやおう》なく帝国軍と王国軍との戦争に巻き込まれかねなかったからだ。

「まぁ話す気になりゃいずれあっちから接触《せっしょく》してくるんじゃねぇか？　団長のことだし」

「ロレンさんはそれでいいんですか？」

そう聞かれてロレンはしばし考え、やがて少しばかり迷うような口調でラピスにこう尋ねた。

「仮に俺が俺の知らないどこかの誰かだったとして。それでラピスの俺への接し方とか変わったりするのか？」

「その質問は予想外でした」

本当に心の底から驚いたというような顔を見せたラピスはそれでもすぐにロレンの質問への答えを口にする。

「親の仇《かたき》とかいうのでしたら別ですが、幸い私の両親は健在ですのでその線はないかと。それでしたらロレンさんはロレンさんですね」

「ならそれでよくねぇか？」

「いいですね。ええなんだかとってもいいです」

ロレンからの質問とそれに対する自分の返答に、すっかり気をよくしたらしいラピスについてはそれで話がついたのだった。

しかしながら問題は、もう一つ残されている。

それは戦場でダウナが無力化したレイスの存在であった。

ダウナが発動させた権能は戦場の一角を完全に氷に閉ざしてしまったのだが、それに巻き込まれた王国軍の兵士達は全員が絶命している。

あの状態から蘇生《そせい》できたのであれば、もう人間とは言えないのではないかと思うロレンだったのだが、ここに例外としてレイスの存在があったのだ。

さすが邪神《じゃしん》と言うべきなのか、一度完全に氷漬《こおりづ》けにされたはずのレイスは、ダウナの権能の効果時間が切れ、周囲の温度が通常のものに戻った途端《とたん》に溶け出し、意識を失ってはいたものの生存していたのである。

放置しておけば、目を覚ました後に何が起きるか分かったものではないという判断からロレン達は権能を使うことでその場から動こうともせず、眠りに入ってしまったダウナと一緒《いっしょ》にレイスの体を持ち帰っていたのだ。

ちなみにダウナの権能による兵士の損害については、ロレン達が一目散に逃げ出すのを見ていた帝国軍の兵士達はほとんど巻き込まれることなく、運と察しの悪い数人が逃げ遅れたくらいであったのだが、王国軍兵士達は結構な数がその場に立《た》ち尽くしていたせいで巻き込まれ、ダウナの権能が解除された後も冷たく真っ白な氷像としてその場に立ったままになっていた。

「ちくしょー……まけたー……俺様《おれさま》を解放しろー……」

戦場で見たときからは想像できないほどに、レイスは意識を取《と》り戻した後、とんでもなく意気消沈《しょうちん》した状態になっていた。

いつまた権能の力を発揮し、炎《ほのお》を操《あやつ》るか分かったものではないので、レイスの体はいちおうは縄《なわ》が打たれた状態で街はずれの軍施設《ぐんしせつ》にある。

すぐに焼き切られないようにと細い金属を織り込んだロープに縛《しば》られているレイスは、

牢屋《ろうや》の中心部で胡坐《あぐら》をかいたまま、ぶすっとした顔で囚《とら》われていたのだが、この身柄《みがら》をどうするかについてはなぜかロレン達に一任されてしまったのだ。

ユーリ将軍のご判断です、とは兵士達の言葉であったのだが、何故《なぜ》自分にという思いが拭《ぬぐ》えないロレンである。

「大丈夫なのかこれ？」

レイスに面会するために兵士達に案内された牢屋の前で、鉄格子越《てつごうしご》しにレイスを見たロレンが尋ねると、同行していたラピスは首を傾げ、ルクセリアは肩《かた》を竦《すく》めた。

「ダウナの恩恵、ごっつやばいやつやからなぁ」

牢屋の中を覗き込むようにしてそう言ったのはグーラである。

その近くには何故だかクラースの姿まであった。

その場に居合わせた者として、クラースがレイスの様子を見に来るということを止めることができなかったロレン達は、さすがに邪神に関する話をクラースにすることはできないだろうということで、邪神の権能をクラースが持っているような恩恵の一つであると説明している。

ちょっとばかり無理があるのではないかとロレンは思うのだが、今のところクラースは特にそれを疑問に思うこともなく納得《なっとく》しているようであった。

「簡単にいうと、効果範囲の中にある全《すべ》ての存在のやる気を失わせるっていう恩恵でな。やる気がなくなったものはその場に止まろうとするわけや。で、全てが止まるとあないな現象が起きる」

「自分自身はありあまる耐性《たいせい》で無傷ってわけか。おっかねぇ」

そんな現象を引き起こした張本人であるダウナは、仕事が終わるとまるで一生分の仕事をしたとでも言いたげな雰囲気で寝床《ねどこ》を要求し、今はロレン達が逗留している宿の一室を占拠《せんきょ》してひたすら眠り続けていた。

権能を使った反動なのかと思ったロレンなのだが、グーラが言うには仕事をしない怠惰が仕事をしたせいで、多少邪神としての力が弱体化したので、それを取り戻すべく惰眠を貪《むさぼ》っているような状態であるらしい。

「つまりこいつは、いまだにダウナの恩恵の影響を受けてるってことか？」

「せやね。しばらくはこんな感じやろうなぁ」

ダウナが見せた権能が、多用されるようなことがあればとんでもないことになるだろうとロレンは考えた。

何せ、ほとんど防御《ぼうぎょ》することができない。

魔術《まじゅつ》で防御しようにも、魔術自体がやる気とやらを失って無力化されてしまうらしく、魔族であるラピスすら、発動したら逃げるしかないと言い切る代物なのだ。

救いがあるとすればダウナ自身が怠惰を体現しており、自ら動くことがほぼないことや、逃げれば追いかけてはこないということくらいであろう。

「こんちくしょうめー……俺様にこんなことしたこと、覚えてろよー……」

「むしろダウナの力の影響下でこれだけ毒づけるのはさすがレイスってところやねぇ」

気怠《けだる》そうにしながらも、悪態をつきつづけているレイスをロレンはどうしたものかと考える。

最も後腐《あとくさ》れのない方法を考えるのであれば、この場で処分してしまうというのが最も簡単かつ安全な方法であるはずだった。

普段《ふだん》ならば相当な抵抗を覚悟《かくご》しなければならないような相手ではあるのだが、気力を失っている今ならば、そう苦労することなく処分できそうな気がしている。

しかし、とロレンはグーラへ視線を向けた。

邪神であるグーラは同じ邪神であるレイスを処分することに対してあまりいい感情を持たないだろうとロレンは予想している。

なんとなくではあるのだが、命ばかりは助けてやってくれというような雰囲気が牢屋を覗き込んでいるグーラからひしひしと感じられるのだ。

ならばグーラに丸投げするということも考えてみたものの、元気になればグーラ達では手に余るレイスを、丸投げするというのもどうなんだろうかと思ってしまう。

「なぁクラース。お前、これを一度口説いたんだったよな？」

「可愛《かわい》らしい女性を口説くというのは、男の義務だからね」

ロレンの問いかけにきっぱりはっきりと返答してきたクラースに、ラピスとグーラは揃《そろ》ってジト目を向け、ルクセリアは感心したような視線を向ける。

「この子、見どころがあるわねぇ」

「ルクセリアの同類とかぞっとするわ」

「この人達まとめてどこかに封印《ふういん》できないものでしょうか」

三者三様の言葉を口にする中、ロレンは少し思案した後でクラースに一つ提案してみた。

「だったらこいつ。お前のとこで面倒《めんどう》みてやってくれねぇか？」

何を言いだすのかと目を剥《む》くラピスやグーラ。

ルクセリアは名案だとばかりにぽんと手を打ち、言われた本人であるクラースは表情を変えることなくさらりと答えた。

「構わないが？」

「いやちょっと待ってくださいロレンさん。この人、レイスさんを口説いた挙句に殺されかかった人ですよ?」

慌《あわ》てたラピスが早口にストップをかけに来たのだが、ロレンは牢屋の中のレイスを指さしながら応じる。

「そりゃそうだが、こいつクラースの口説きに落ちかけたんだろ? ならちゃんと話をすりゃ案外上手《うま》くいくんじゃねぇか?」

「で、ですが……」

「俺のとこで預かるのは御免蒙《ごめんこうむ》りてぇし、処分するにしたって見た目がこれじゃ寝覚《ねざ》めの悪ぃ話になりそうだぜ? だったら見込みのありそうな奴に説得してもらって、世話してもらうってのが一番よさそうじゃねぇかなと」

既にクラースはアンジェ達三人をなんだかんだと言いながらもきちんと仲間として回している手腕《しゅわん》の持ち主である。

ここに四人目が加わったとしても、それなりに上手く活《い》かせることができるのではないか、というのがロレンの言い分であった。

もっともその主張の根底には、面倒そうなので女性の扱《あつか》いが上手そうなクラースに丸投げしてしまえという考えがあるのだが、それについてはロレンが口にすることはない。

「アンジェさん達に恨《うら》まれますよ」

そんなロレンの思考を読んだのか、そっとロレンへ身を寄せてぼそぼそと呟くラピスに同じく小声でロレンは答えた。

「あんなのと行動を共にしているのが悪ぃ。諦《あきら》めてもらおうじゃねぇか」

上手く説得できたのならば、クラースのパーティは大幅《おおはば》な戦力の上昇《じょうしょう》を見込むことができるわけで、メリットが何もないというわけではない。

もっともメリットが何もなかったとしても、クラースならばレイスのような少女を預けると言われて断ることはないだろうともロレンは考えている。

「どうやらこいつはしばらくこんな感じのままらしいからな。手がつけられなくなる前に説得してくれ」

「任されよう。不幸な行《い》き違いはあったかもしれないが、懇切丁寧《こんせつていねい》に言葉を交《か》わせばこの娘《こ》もきっと分かってくれるはずさ」

無駄《むだ》にきらきらと輝《かがや》くような笑顔で答えるクラースに、これで面倒が片付いたとばかりにほっとした表情をロレンが見せる。

本当にいいんだろうかと首を捻《ひね》るラピスの肩を叩《たた》きながら、こんな感じでどうだろうかとロレンがグーラを見れば、グーラはわずかにだが頷いてみせた。

「おいレイス。こいつの説得を受けるかどうかはお前に任せるが、どうしても嫌《いや》だってんなら一度グーラを頼《たよ》れ。連絡《れんらく》はつけられんだろ？」

「俺様に指図すんじゃねー……」

「指図じゃねぇよ。頼みってやつだ。何はともあれ一度俺らに負けたんだ。そのくらいの融通《ゆうずう》は利《き》かせろ、いいな？」

無理《むり》強《じ》いすれば意固地になるだろうとロレンは敢《あ》えて頼みという言葉を使った。

それを聞いたレイスはじっと鉄格子《てつごうし》の向こうにいるロレンの顔を見つめる。

「……分かった」

ぐったりしながらもレイスはしばらくしてロレンの言葉に渋々《しぶしぶ》といった感じで頷いた。

この場で交わした口約束がどの程度有効であるのかは分からないが、それでも無下に扱われることはないだろうとレイスの様子からロレンは考える。

「これで後始末は終わりだな。ならカッファに帰ろうぜ。たまには冒険者《ぼうけんしゃ》らしく仕事して、金を稼がねぇとな」

「それもそうですね。それで減るような借金ではないんですが。そろそろ諦めて私とゴールインしようとか思いません？」

話は終わったとばかりに努めて明るい口調で声を発したロレンへ、ラピスがぼそりと突っ込むような小声でそんなことを言う。

改めて自分の背負っている借金の膨大《ぼうだい》さを思い出させられたロレンは、一転して陰鬱《いんうつ》な表情になると、苦笑《くしょう》を浮《う》かべたラピスの頭を軽く小突《こづ》くのであった。

とある神官の手記より

戦争とは、矮小《わいしょう》にして有限である人という種がその創造主たる神に唯一反逆しうる手段である、というお話があります。

何か格好良く聞こえなくもないのですが、実際のところは自分が創造した存在が、こんな馬鹿なことばかりしていると神が御嘆きになるからというなんとも情けのない理由だったりするわけなのですが。

まぁ神様がどれだけ嘆こうが、人が争いを捨て去るということはできないわけでして、もしそんな可能性が少しでも存在するのであれば、人の世なんてものはもっと早くに争いのない平和な世界になっててもおかしくないはずです。

ただまぁ神様という存在も、人が思うほどに全知全能というわけではないみたいですから、たまにこういうポカをやらかすこともあるのでしょう。

神に仕える身として、このようなことを口にするのはおかしいと思われるかもしれませんが、私の仕える神様は知識を司っておられます。

戦争とは技術を飛躍的に進歩させる方法の一つである、という見方もありますのできっと他の神様が人の設計図を引いているときに、こっそりと争いの種を仕込んだりしたんじゃないかって思うんですよね。

知識のためならそれくらいのことはやりかねない気がしますし、そんなことを思っている信徒の私に、いまのところ神罰が当たらないことからしても、当たらずとも遠からずくらいのところは突いている気がして仕方のない私ことラピスです。

そんなわけで私達は帝国と王国の戦争の中にいたりするわけなのですが、どちらがどのような主張でもって始めた諍《いさか》いなのかという点については、まったく興味が湧きません。

どうせ大陸のあちこちでは常にどこかで国家同士によるケンカが繰り広げられているわけで、私達が関係したのはその一つに過ぎないわけですし。

どうせどこかの国家が何かの間違いで独り勝ちしたところで、大魔王《まおう》陛下がちょっとその気になって介入すれば、世界は終焉《しゅうえん》を迎えるわけなのですからまるで意味がないんです。

人は一度、大魔王陛下のお姿を目にするべきだと思いますね。

あれを見てまだ戦争を起こす気になれるのなら大したものですが……まぁ魔族の中にも陛下の存在を知っているというのに争いを起こす方もおられますので、人族も意外と頑張るのかもしれないですね。

そんなどうでもいいことはさておき。

今回の目的はロレンさんが元々所属していた傭兵団を率いていた団長さんこと、ユーリ＝ムゥトシルトとお会いすることです。

お会いできたユーリさんは、総髪の老人でなんとなくなのですが、できる老人といった感じの雰囲気を漂わせている将軍さんでした。

ロレンさんがいた傭兵団を率いていた、というだけでもかなりの曲者だということは分かるのですが、その傭兵団が壊滅してからあっさりと、帝国の将軍になってしまっているというのは曲者というにも程があるんじゃないかって思います。

将軍職ってそんな簡単になれるものでしたっけ？

それとロレンさんの「普通に自己紹介できたんだな」って言葉はどういうことなのでしょうか。

私、そんなにおかしな自己紹介をしてきたつもりは全くないのですが、お望みとあらばお答えするのみとばかりにちょっと捻った自己紹介もしてみました。

二人まとめてスルーされるとは思いませんでした、ちょっとあんまりだと思います。

ロレンさんのデレ期というものは、いったいいつになったら来るのでしょう？

それと戦闘技術はメイドの嗜《たしな》みというのは万国共通の常識ですよロレンさん。

大魔王城でいっぱい見てきたじゃないですか。


互いにこれまでの情報交換をした後、ユーリさんから依頼されたのは遊撃隊を撃滅した火系魔術を使う少女をなんとかするための対策を授けるので、少女自体を何とかして欲しいというものでした。

もちろんこれ、邪神のレイスさんのことなのですが帝国に上げた報告に邪神のことは一言たりとも含ませてはいないので、この認識になるのは仕方のないことです。

もし彼女が古代王国期から存在している邪神の一柱です、などという報告を上げていれば国そのものが対策に乗り出してくるか、或いは報告を上げた私達の頭の中身を疑われるかのどちらかだったのでしょう。

あまりに身近に邪神という存在がいるせいで、たまに頭が麻痺してしまうのですが、そんな存在が普通に外を出歩いているというのは控えめに表現しても何か間違っているとしか言えないような状態です。

それが日常化している私達の周囲は絶対におかしいのですが、おかしな状況も恒常化《こうじょうか》するとただの日常となってしまうんですよね。

人とは慣れる生き物なのですから。

それはともかくユーリさんのいうレイスさん対策というものを手に入れるために、グーラさんとルクセリアさんという二柱の邪神《じゃしん》と合流した私達は一路、指定された洞窟へ。

元々そこそこ寒い地域ではあるのですが、道中でとても自然とは思えない寒気に襲われ、危うく死にかけるところまで行きました。

ここでの行動についてはあまり言及したくありません。

後にして思えば何故あのようなことをと赤面することしきりではありますが、あのときはあれをしなければならないような切羽詰まった感覚を覚えるところまで追い込まれていたのだ、とご理解ください。

普段なら絶対にあんな雑な方法はとらないのですが……私もまだまだです。

今でこそあれは目的の物が近くにあったせいで、周囲の環境がおかしくなっていたからこその寒気だったと分かるのですが、あのときは何故そのような状況に陥っているのか分かりませんでしたし、分からないということは恐怖に繋がるということで、ここでこうしておかなければ後悔することになりかねない、と思ってしまったんです。

相手がロレンさんのような紳士で助かりました。

あの状況に流されてそのまま致すようなことになっていたら、ちょっとロレンさんの顔を見れなくなっていたでしょうし、雰囲気もへったくれもない経験は一生もののトラウマになるところでした。

もしかすると空間ごと歪んでいたのかもしれないのですが、それすらあのユーリさんは知っていたような感じがあるんですよね。

現在位置も分からないような状態で移動していたというのに、目的の洞窟へはきちんと到着できてしまったわけですから。

洞窟の中では原因の分からない力場によって邪神さん達が弾き飛ばされるというアクシデントがありましたが、ロレンさんが足を踏み入れると嘘のように力場が消失。

本当にロレンさんの素性って謎です。

ロレンさんが鍵となって力場が消えた、と断言することはできないのですが、そう考えるのが何故か不思議と自然だと思ってしまうんです。

これは私の贔屓目《ひいきめ》ではない、と思うのですがどうなんでしょう?

さらに洞窟を進んだ先にあった、侵入者を阻むために設けられたのであろう扉もロレンさんが手を触れるとまるで幻影か何かだったかのように消えてしまうに至っては、ロレンさんがどこの誰とも分からないただの傭兵だった、というのは少しきついのではないかと思ってしまいます。

もう一つおまけに、扉の向こう側にあった魔術道具らしき冷気を放つファルシオン。

普通こういう物は何らかの鍵がかかっているもので、簡単に入手できたりしないものなのですが、これもロレンさんが手を触れるとあっさりと刺さっていた場所から抜けてしまいました。

本当にロレンさんの素性っていったい……？

そんなことを考えていたら背後から邪神さん達の声がしました。

ここでご登場となったのが、傲慢の邪神ことスペルビアさんです。

その能力は暴食のグーラさんと色欲のルクセリアさんとが一緒になってかかっていったとしても撃退するのは難しいくらいに高いようなのですが、傲慢というのは結構扱いやすい性格だったりします。

何せ最初から相手を見下していますので、油断しまくりですし、ちょっと持ち上げてやると簡単に引っ掛かってくれたりするので与《くみ》しやすい。

大魔王陛下が恐ろしいのはあれだけの実力を持ち、ちょっと見た限りではどことなく軽薄に見えるというのに、根っこのところが揺らがないからなのです。

比べるのもおこがましいとは思いますけど。

ただまともに戦えば手痛い損害を受けるというのも確かでしたので、ここは手に入ったばかりのファルシオンを使ってスペルビアさんを洞窟の最奥部に氷漬けにすることで難を逃れた私達なのでした。

ユーリさんからの依頼は失敗したことになりますが、命には代えられません。


傲慢の権能というものは見下す相手がいない場合は行使することができないようで、これで傲慢の邪神さんについては心配する必要がなくなったのですが、同時にレイスさんに対抗する術を失うことになってしまいました。

どうしたものかと頭を悩ます私達に、グーラさんが宿と食事の提供と引き換えに提案してきた情報というのは、怠惰の邪神であるダウナさんをレイスさんの対抗策として使用するというものでした。

以前にお会いしたことのある邪神さんで、正直なところあの方をレイスさんにぶつけても勝算はない気がするのですが、グーラさんが妙に自信ありげに言うところからして何らかの勝算はあるのでしょう。

ただグーラさんだけでダウナさんを説得するのは難しいということで、私達はグーラさん達が何もないときにはそこに住んでいるらしい場所へ。

邪神の巣と呼ぶべきその場所へは、グーラさん達はいとも簡単に行き来することができるらしいのですが、私やロレンさんはそんなに簡単に入り込めない場所らしく、どうやって私達をそこへ連れて行くかをグーラさん達が考えていると、まるで計ったかのようなタイミングでユーリさんからのお手紙が。

その手紙にはここへ行けば何かしらの助けになるというメッセージと共に地図が同封されていたのですが、あの方はいったいどこまで見通して行動しているのかというより、こちらの行動をどこからか監視しているんじゃないかって思ってしまいます。

しかし他に頼りがないというのも事実で、私達はその場所へと赴《おもむ》くことになりました。

そこは廃墟となった教会で、元々は私が信奉している知識の神を祀《まつ》っていたようなのですが、そこには古代王国期の暗号文が。

邪神さん達が解読するのは非常に難しいというものを、あっさりと読んでしまうロレンさん。

聞けば解読方法をユーリさんが知っていて、それを教わったのだとか。

本当に何者なんでしょうかあの方は……？

しかも暗号を解読した後の仕掛けもすらすらとロレンさんが解いてしまったのですが、

いつからロレンさんは頭脳担当になったんでしょうか？

それって私の役割だったはずなのですが、なんだかお仕事を取られてしまったようで釈然としません。

そんな気持ちを抱えつつ、入り込んだその先に合ったのがグーラさん達の住処に通じており、邪神さん達の手によって破壊されることを免れた〈邪神の門〉でした。

手慣れた感じでグーラさんが門を起動し、その先にあった物を私は見ていません。

ただ先に入ろうとしたロレンさんがものすごい勢いで突き飛ばされたので、慌てて抱き止めました。

ルクセリアさん？

さて、何か蹴り飛ばした覚えはありますが……というか私を差し置いてロレンさんを抱き締めようなんて万年単位で早いと認識するべきです。

ついでにグーラさんの自宅をいじるのは命の危険を伴うということを、私は記憶しました。

実物を見ていないのでなんとも言えないのですが、そんなに恥ずかしいことでしょうか？

本人が恥ずかしいと認識しているからにはそれなりに恥ずかしいのでしょうが、それは考えないことにしておいて、再び繋ぎ直してから門を潜るとその先にあったのは、本当に何もない殺風景な石造りの部屋と、そこに寝転ぶダウナさんの姿でした。

怠惰を名に冠する存在から協力を引き出すというのは非常に難しい話のように思っていたのですがこのダウナさん、意外と協力的です。

聞けば以前にお会いしたときに、逃げるときにスライムをけしかけたことをいくらか引け目として覚えていたとのこと。

さらに邪神さん達がロレンさんに迷惑のかけっぱなしであることも気になっていたという……何ですかこの方、邪神の中では非常に常識的な人に見えてしまいます。

過去の色々を水に流してくれるならば協力しようというダウナさん。

ロレンさんはあまり気にしていない様子だったのですが、それで協力してくれるならと了承し、ダウナさんを連れて再び街へ。

ちょっとした諍いからロレンさんが街の中で〈死の王〉の威圧をふりまくという事故など起こしつつ、ユーリさんの所へ報告に。

ここでユーリさんの素性を問いかけてみたのですが、王国との戦いが近いからとはぐらかされてしまいました。

実際、王国との戦いは何とかしなければならないわけで、仕方なく出陣ということになったのですがここで意図しない方との再会がありました。

なんとクラースさんが帝国軍に参加していたのです。

クラースさんは性格はともかくとして冒険者としてはかなり有能な方ではあるのですが、それにしたところで帝国軍の中で妙に持ち上げられています。

何があったのかと言えば、なんとあのレイスさんを一度撃退したとのこと。

これが本当であるならば凄いことなのですが、詳しく話を聞いてみるとなんとこのクラースさん、非常に女性が好きという悪癖があるのですがその悪癖を発揮してあろうことか戦闘中にレイスさんを口説いてしまったようなのです。

しかもなんと成功しかけたとのこと。

ただすぐにクラースさんが三人もの女性をすでに連れまわしていることに気がついたレイスさんはその内の一人にされかけたことに激怒し、その場で暴発することなく恥ずかしさからなのか逃走してしまったらしいです。

それを帝国軍はクラースさんが説得か何かで敵の魔術師を撤退させたと勘違いしたと。

クラースさん的にはいつものことですね。

レイスさんが純情で助かった、というところでしょうか。

それとクラースさんに同行している女騎士のレイラさんなのですが、いかに面食いとはいえ相手の性格も少しは考慮するべきだと思います。

そして始まった帝国対王国の一戦なのですが、やはりロレンさんは戦争に参加しているとどことなく生き生きとしているような感じがしますね。

手当たり次第にばっさばっさと敵兵を切り捨てていく姿は見ていて気持ちのいいものだったりしますが、あまりに快調に切り捨て過ぎて戦力の集中を招き、結果として薄くなってしまった他の地点が王国側劣勢となり、そこにレイスさんが参戦したのは計算外でした。

急いで移動してレイスさんと対峙し、ダウナさんを運ぶクラースさん達が到着するまでの間、レイスさんを無力化したのは黒蜘蛛《くも》のニグさんでした。

ニグさん、それなりに強い蜘蛛ではあるのですがまさか邪神の行動をある程度とはいえ阻害することができるとは、侮れません。

油断していると私もあっさりとあの繭《まゆ》に捕獲されてしまったりするんじゃないでしょうか。

さすがロレンさんに付き従う蜘蛛さんといったところです。

そのニグさんが稼いだ時間を使ってダウナさんが到着し、ようやくレイスさん対ダウナさんという状態になったのですが。

ダウナさんの権能である〈不動〉ですが、これとんでもない権能です。

効果範囲内にある全てのやる気を失わせ、その場に止めてしまうという権能なのですが、この力は生物、非生物を問わずに影響があるそうで。

ダウナさんを中心として文字通り、世界が凍り付くんです。

これはレイスさんの使う炎ですら例外ではなく、有無を言わさず一切の抵抗を許さず、何もかもが動くことのない凍り付いた世界。

あれはちょっと防ぐことができない気がします。

もちろんその中心にいるダウナさんも凍り付いてしまうのですが、本人は有り余るほどの耐久力でもって空気すら凍り付くような空間にあっても死ぬことがないみたいです。

これによってレイスさんは無力化され、元々質で劣っていたところをレイスさんの存在で補っていた王国軍は帝国軍の攻撃を耐えることができずに撤退していったのでした。

後始末になりますが、ダウナさんの権能を受けてもどうにか生きていたレイスさんは権能の影響を受けている間に説得するということでクラースさんが預かることになりました。

少女の姿をした存在が力を失っている間に殺してしまうのは忍びないので、というロレンさんの意向を受けての処分でしたが、クラースさんならきっと上手いこと言いくるめてくれることでしょう、たぶん。

駄目でも被害を受けるのはクラースさんなので、気にしないことにします。

これにて一件落着ということで、カッファに帰ってまた冒険者稼業に精を出すことにしましょう。

あれ？　何か忘れているような……？

ええっと……なんでしたっけ？

まぁ思い出せないということは大したことではないのでしょう。

そのうち思い出すかもしれませんし。

そんな訳で、今回はここまでにしたいと思います。

何とかレイスを撃退し、
戦争を勝利へと導いたロレンたち。
2020年 冬頃発売予定!
著者/まいん イラスト/peroshi

しかし、こちらが敵国の領地へと軍を進めるとそこには
異常なほどに鎮まりきった街があり——。
食い詰め傭兵の
幻想奇譚15

著／保利亮太
イラスト／bob
ウォルテニア半島に居を据えた御子柴亮真の躍進は続く――。
2020年秋　発売予定！

コミック版も好評連載中！
漫画：八木ゆかり
原作：保利亮太
キャラクター原案：bob
コミックス
①～⑥巻発売中!!
コミックファイア公式サイト
http://hobbyjapan.co.jp/comic/
ウォルテニア戦記XVII

コミカライズも連載中の
スナイパー英雄譚！
著／かたなかじ
イラスト／赤井てら
漫画：瀬菜モナコ
原作：かたなかじ　キャラクター原案：赤井てら
発売予定!!

魔眼と弾丸を使って
異世界をぶち抜く!
第9巻 2020年秋

第3エリアに突入し、
湾岸都市を楽しむ白兎たち。
著：冬原パトラ
イラスト：はましん

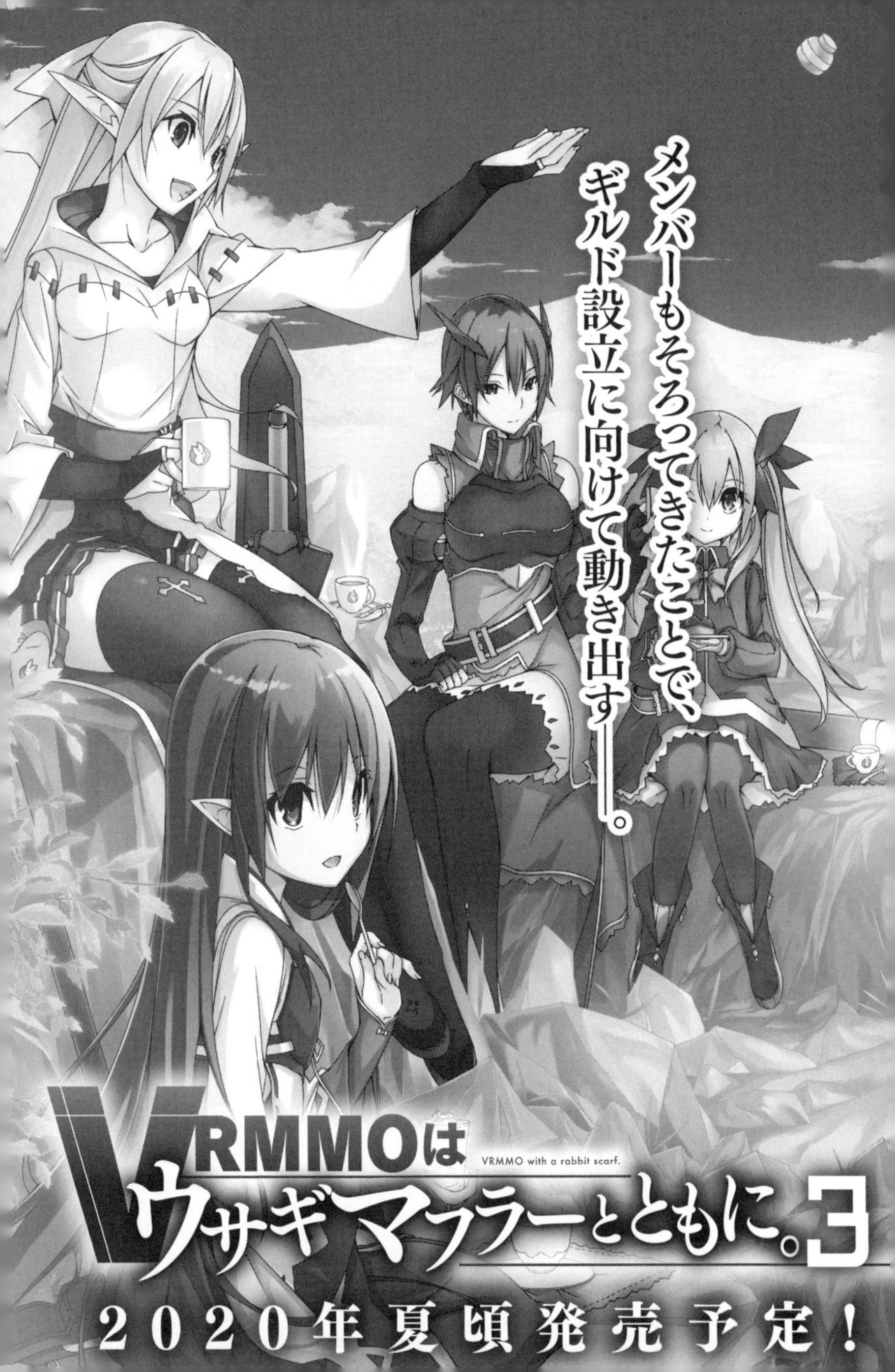
メンバーもそろってきたことで、
ギルド設立に向けて動き出す──。
VRMMOはウサギマフラーとともに。3
VRMMO with a rabbit scarf.
2020年夏頃発売予定！

結婚式や新婚旅行も済、異世界へと帰還した冬夜達。
そんな折、リーフリース皇王から
フォンとともに。22
2020年10月発売予定！

とある相談を持ち掛けられる。
問題解決のために仮面舞踏会が開かれることになり――!?
異世界はスマート
冬原パトラ
illustration■兎塚エイジ

復活祭を無事に終えた森辺の民の元に、
新たな難題が二つも持ち込まれる。
Author
EDA
Illust.
こちも
異世界料理道
VOLUME
22
Cooking with wild game.

一つは、ギャムレイの一座の者たちによるギバの捕獲。
そして、もう一つはなんと、過去に因縁もある
モルガの森を通る街道の建設だった!!
平穏無事とはいかない新年が始まる第22巻!!
2020年秋発売予定!

HJ NOVELS
HJN22-14

食い詰め傭兵の幻想奇譚14

2020年8月22日　初版発行

著者――まいん

発行者―松下大介
発行所―株式会社ホビージャパン
〒151-0053
東京都渋谷区代々木2-15-8
電話　03(5304)7604（編集）
03(5304)9112（営業）

印刷所――大日本印刷株式会社

装丁――木村デザイン・ラボ／株式会社エストール

乱丁・落丁（本のページの順序の間違いや抜け落ち）は購入された店舗名を明記して当社パブリッシングサービス課までお送りください。送料は当社負担でお取り替えいたします。但し、古書店で購入したものについてはお取り替えできません。
禁無断転載・複製

定価はカバーに明記してあります。

©Mine

Printed in Japan

ISBN978-4-7986-2288-0　C0076

ファンレター、作品のご感想お待ちしております

〒151−0053　東京都渋谷区代々木2−15−8
(株)ホビージャパン HJノベルス編集部 気付
まいん 先生／peroshi 先生

アンケートは
Web上にて
受け付けております
(PC ／スマホ)

https://questant.jp/q/hjnovels

- 一部対応していない端末があります。
- サイトへのアクセスにかかる通信費はご負担ください。
- 中学生以下の方は、保護者の了承を得てからご回答ください。
- ご回答頂けた方の中から抽選で毎月10名様に、HJノベルスオリジナルグッズをお贈りいたします。